AF498559

Mathias McDonnell Bodkin

Ein weiblicher Detektiv
(Dora Myrl)

e-artnow 2018

Alfred Schirokauer
Der Held von Berlin (Kriminalroman)

Matthias McDonnell Bodkin
Detektiv Paul Beck & Detektivin Dora Myrl (24 packende McDonnell Bodkin-Krimis)

Matthias McDonnell Bodkin
Gesammelte Krimis

Sven Elvestad
Gesammelte Krimis (Detektiv Asbjörn Krag): Der rätselhafte Feind + Die Faust + Der schwarze Stern + Der Mann im Monde + Der kleine Blaue + Die geheimnisvollen Zimmer + Die Zwei und die Dame und mehr

Sven Elvestad
Der rätselhafte Feind (Detektiv Asbjörn Krag)

Sven Elvestad
Die Zwei und die Dame (Detektiv Asbjörn Krag)

Mathias McDonnell Bodkin
Paul Becks Gefangennahme (Kriminalroman)

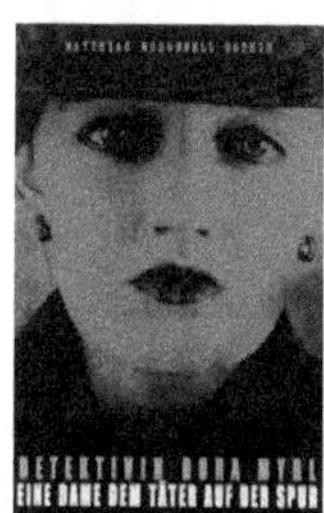

Matthias McDonnell Bodkin
Detektivin Dora Myrl - Eine Dame dem Täter auf der Spur

Edgar Wallace
Bei den drei Eichen (Ein spannender Mystery-Krimi)

Mathias McDonnell Bodkin
Giftmischer und andre Detektivgeschichten

Mathias McDonnell Bodkin

Ein weiblicher Detektiv (Dora Myrl)

Übersetzer: Margarete Jacobi

e-artnow, 2018
ISBN 978-80-273-1685-4

Inhaltsverzeichnis

Der falsche und der wahre Erbe.

»Unmöglich!« dachte Roderich Aylmer, der Besitzer von Dunscombe, während er durch das Erkerfenster auf den breiten Kiesweg hinausblickte: »dieser kleine Backfisch soll ein glänzendes Universitätsexamen gemacht haben und Doktor der Medizin sein – das ist ja rein lächerlich!«

Da kam mit raschem, flottem Schwung ein Fahrrad dahergesaust; ein zierliches, kleines Fräulein sprang ab und stieg leichtfüßig die steinernen Stufen herauf.

Sie trug auch wahrlich nicht den Stempel eines gelehrten Frauenzimmers, diese anmutige, bewegliche Gestalt, die jetzt auf der obersten Stufe im hellen Sonnenschein stand. Nach ihrer freundlichen und vergnügten Miene zu urteilen, hätte man sie viel eher für ein lustiges Schulmädchen halten können, das sich auf einem heißersehnten Ferienausflug ergötzt. Ein keckes Hütchen mit feuerrotem Federbusch saß auf den dicken glänzenden Flechten des krausen braunen Haares, und der kurze Rock ihres enganliegenden Kleides, den der leise Wind bewegte, ließ ihre zierlichen Füßchen sehen, die in hellbraunen Radfahrschuhen steckten.

Jetzt schritt sie unter den dorischen Säulen durch die Vorhalle und drückte auf die elektrische Klingel. »Kann ich Herrn Aylmer sprechen?« fragte sie den Diener, der die Türe weit öffnete, und reichte ihm ihre Visitenkarte. »Fräulein Dora Myrl« stand darauf.

Roderich Aylmer kam ihr selber entgegen. Er stieg die Treppe hinunter, durchschritt die kühle, mit schwarzen und weißen Marmorplatten belegte Halle und sagte, ihr die Hand reichend: »Seien Sie mir bestens willkommen!« Das Fräulein warf nur einen durchdringenden Blick auf sein ehrliches, hübsches Gesicht, dann legte sie ihr Händchen mit festem, herzlichem Druck in seine biedere Rechte.

»Wie ich Ihnen schon geschrieben habe, Fräulein Myrl,« begann er ohne weiteres, sobald sie zusammen im Wohnzimmer saßen, »ist meine Frau sehr krank und förmlich zum Schatten abgemagert: doch vermag kein Arzt ihr Übel zu erkennen. Als unser einziger Sohn vor zwölf Jahren geboren wurde, bekam sie ein schlimmes Fieber, von dem sie sich nie wieder ganz erholt hat. Sie ist immer geduldig, ja nur allzu sanft, wie mir dünkt: in Zorn gerät sie nie, aber es kommt auch kein Lächeln auf ihre Lippen. Obgleich sie unsern Sohn von ganzem Herzen liebt, scheint sie doch am traurigsten zu sein, wenn er bei ihr ist. Ihre Schwermut nimmt mit jedem Tage zu und wir führen ein trübseliges Leben. Deshalb schlage ich es Ihnen hoch an, daß Sie gekommen sind: ich würde Ihnen unendlich dankbar sein, wenn Sie meine arme Frau etwas herausreißen und erheitern könnten. Entschuldigen Sie mich einen Augenblick; ich will ihr sagen, daß Sie hier sind, es wird ihr Freude machen.«

Als jedoch die hübsche Frau mit dem bleichen, abgezehrten Gesicht, auf den Arm ihres Gatten gestützt, langsam ins Zimmer trat, erkannte Dora Myrl auf den ersten Blick, daß die Herrin des Hauses über ihre Ankunft nicht erfreut war, sondern sich vor ihr fürchtete, wiewohl sie ihre geheime Angst unter einer liebenswürdigen Begrüßung zu verbergen suchte.

»Ich will ihr Vertrauen gewinnen und sehen, ob ich ihr nicht helfen kann,« dachte die scharfsinnige Dora in ihrem praktischen Sinn, während sie das tieftraurige Gesicht voll Mitleid betrachtete.

Die nächsten zwei Wochen vergingen in Dunscombe-Haus wie im Fluge. Aylmer fühlte sich neu belebt durch die Gesellschaft der munteren jungen Dame, die ihn ermutigte, sich im Tennis- und Croquetspiel auf dem glatten, grünen Rasen tüchtig anzustrengen und ihm Abends am Billard beim Schein der elektrischen Lampen manche Partie abgewann.

Auch der sanften Herrin des Hauses, die so traurige Augen hatte, war sie eine liebe Gefährtin. Selbst wenn sie ganz stumm bei einander saßen, hatte ihr teilnahmvolles Wesen etwas ungemein Trostreiches für dies schwergeprüfte Herz. Stets war sie fröhlich und hilfreich, aber obgleich ihre langen Gespräche mit Frau Aylmer oft in herzlicher Zärtlichkeit endeten und Dora mehr als einmal fühlte, daß sie dem verborgenen Kummer schon ganz nahe gekommen waren, so hatten sie ihn doch bis jetzt noch nicht berührt.

An einem warmen Nachmittag saßen sie beide in Alice Aylmers Boudoir, das auf den schattigen Garten hinausging, wo der kühle Springbrunnen plätscherte. Dora las und Frau Aylmer hielt eine Stickerei in der Hand, mit der sie sich stumm beschäftigte, aber trotzdem leisteten sie einander trauliche Gesellschaft. Während Dora mit den Blicken die Zeilen ihres Buches überflog und den Hauptinhalt der Geschichte auffaßte, waren ihre unruhigen Gedanken fortwährend mit dem Geheimnis beschäftigt, das sie in dem stillen Zimmer wie einen Druck zu spüren meinte.

Vertrauen erzeugt Vertrauen, überlegte sie, ich will damit anfangen, ihr etwas von mir zu erzählen. »Möchten Sie wohl wissen, Alice, wie es mir im Leben ergangen ist, ehe ich zu Ihnen kam?« fragte sie ohne besondere Einleitung.

»Nur wenn Sie gern davon sprechen, liebe Dora. Mir genügt es vollkommen, Sie als meine Freundin hier zu haben.«

»Aber Freundinnen sollten nichts voreinander verbergen,« sagte sie, und in ihren klaren grauen Augen leuchtete es hell auf. »Doch habe ich im Grunde wenig mitzuteilen, wenn ich's recht bedenke. Mein Vater war ein ehrwürdiger Universitätsprofessor in Cambridge. Er heiratete spät und meine Mutter« – hier bebte ihre Stimme und ihre Augen füllten sich mit Tränen – »habe ich nie gekannt. Sie starb, als sie mir das Leben gab. Meinem Vater tat es zuerst leid, daß ich kein Knabe war, später indes söhnte er sich ganz damit aus und er setzte seinen größten Ehrgeiz darein, daß ich zugleich eine feingebildete Dame und eine Gelehrte werden sollte. Die Ärzte sagten, er habe dem Tode noch drei Monate länger widerstanden, als sie es für möglich gehalten hätten, um zu erleben, daß ich mein Examen in Cambridge mit Auszeichnung absolvierte. Dann starb er befriedigt und ließ mich im Alter von achtzehn Jahren mit zweihundert Pfund und meiner Würde als Bakkalaureus allein in der Welt zurück. Das mühselige Leben einer Schullehrerin reizte mich nicht; so verwandte ich denn mein geringes Vermögen darauf, mir den Doktortitel zu erwerben. Allein die Patienten blieben aus und auf sie warten konnte ich weder, noch mochte ich es. So bin ich denn im Laufe des letzten Jahres Telegraphistin, Telephonistin und Zeitungsschreiberin gewesen. Letzteres gefiel mir am besten, doch habe ich meinen eigentlichen Beruf noch nicht entdeckt. Ich bin ein kleiner unruhiger Geist, dessen rastlose Wißbegierde schwer zu befriedigen ist. Als ich in der Zeitung die Anzeige Ihres Gatten las, der eine lebhafte Gesellschafterin suchte, wurde meine Neugier wach, ich gab meine Stellung auf und kam hierher.«

»Hoffentlich haben Sie es nicht bereut!«

»Durchaus nicht, nur möchte ich –«

Ein lautes Klopfen an der Türe unterbrach ihre Worte.

»Frau Caruth ist unten,« meldete die eintretende Dienerin.

»Laß sie heraufkommen.«

Aber ehe das Mädchen noch die Botschaft ausrichten konnte, drängte sich Frau Caruth selbst mit Ungestüm an ihr vorüber ins Zimmer.

Sie war eine vierschrötige Gestalt mit blitzenden Augen unter scharf gezeichneten Brauen; Mund und Kinn verrieten Entschlossenheit, ihr Gesicht war ausdrucksvoll, selbst hübsch zu nennen, doch machte sie den Eindruck einer Frau, die mehr Furcht als Vertrauen einflößt. So kam es wenigstens der scharfsichtigen Dora Myrl vor, als sie von Frau Caruth zu Alice Aylmer hinblickte, die bei der zudringlichen neuen Erscheinung bald rot bald blaß wurde und zitterte wie Espenlaub.

Dora sah sie die Farbe wechseln, sie sah das Beben ihrer Glieder und gleich den, geübten Arzt, der den Patienten mit dem Stethoskop untersucht, bis er den geheimen Sitz der Krankheit erforscht hat, murmelte sie leise vor sich hin: »Hier steckt die Wurzel des Übels.«

Währenddem musterte Frau Caruth Dora mit unverschämten Blicken, in denen die deutliche Frage lag: »Was hast du hier zu suchen?«

Sicherlich hätte sich Dora dies freche Anstarren nicht gefallen lassen, aber aus Frau Aylmers Augen sprach ein so beredtes Flehen, daß sie ihr nicht widerstreben konnte.

»Wenn es Ihnen recht ist, Alice, möchte ich ein paar Briefe schreiben,« sagte sie und verließ eilends das Zimmer. Sie hörte, wie die Türe hinter ihr heftig zugeschlagen und der Schlüssel herumgedreht wurde.

Wohl eine Stunde saß Dora wartend im Nebenzimmer und vernahm von Zeit zu Zeit die herrischen Laute einer zornigen Stimme und unterdrücktes Weinen.

Endlich erschien Frau Caruth mit triumphierender Miene auf der Schwelle und entfernte sich, ohne Dora auch nur eines Blickes zu würdigen. Drinnen aber lag Frau Aylmer auf dein Sofa ausgestreckt! sie verbarg ihr Gesicht in den Samtkissen und schluchzte so leidenschaftlich, daß ihr ganzer Körper bebte.

Es lag in Dora Myrls Eigenart – vielleicht war es ein Fehler ihrer Natur –, daß ihr trotz des warmen Mitgefühls, das ihr die leidende Freundin einflößte, doch der Gedanke durch den Kopf schoß: »Jetzt ist der günstige Augenblick gekommen, um das Geheimnis zu erfahren.«

Sie nahm neben dem Sofa Platz und umfaßte Alices matt herabhängende Rechte mit beiden Händen. »Nun sagen Sie mir alles, was Ihnen das Herz bedrückt,« bat sie.

Sie sprach freundlich wie zu einem Kinde, aber doch in so bestimmtem Ton, als könne von Widerspruch nicht die Rede sein, und Frau Aylmer, die durch Kummer und Furcht geschwächt war, fügte sich wie ein Kind ihrem Willen.

»Es war zur Zeit als mein Knabe geboren wurde,« begann sie.

»Ihr Sohn, der morgen in die Ferien nach Hause kommt?«

»Ja – nein – o mein Gott, Dora, haben Sie Geduld mit mir, ich will Ihnen alles bekennen. Aber unterbrechen Sie mich nicht, sonst verläßt mich die Kraft. – Seit drei Jahren war ich mit Roderich verheiratet und unendlich glücklich, aber doch wußte ich nur zu gut, wie sehr mein Gatte sich einen Erben wünschte. Als der Knabe endlich zur Welt kam, war die Freude groß, aber leider nur von kurzer Dauer. Ich fühlte mich entsetzlich schwach und mein armer Säugling war sehr zart und hinfällig. Seine Händchen tasteten nach der Mutterbrust, aber vergebens öffnete er die Lippen, um Nahrung zu suchen. Ich hatte keine Milch für meinen Erstgeborenen – o Dora – Sie wissen nicht, wie schwer das ist! Frau Caruth war bei mir in Dienst gewesen und hatte dann den Grobschmied des Dorfes geheiratet – einen Trunkenbold, wie ich später erfuhr. Am selben Tage, wie ich, hatte sie einen Knaben zur Welt gebracht und kam nun als Amme zu meinem Archibald. Es brach mir fast das Herz, als ich das winzige, blasse Geschöpfchen, das bei mir immer so kläglich wimmerte, in friedlichem Behagen an ihrer Brust liegen sah. Doch wurden wir täglich schwächer, der Knabe und ich; mir nahm wohl nur die Angst um das Kind alle Kraft. Eines Abends war ich fest eingeschlafen, und als ich erwachte, hörte ich in dem dunklen Zimmer meinen Mann und den Doktor im Flüsterton miteinander reden.

»Für *sie* fürchte ich keine Gefahr,‹ sagte der Doktor mit solchem Nachdruck, daß es mich kalt überlief, denn ich erriet, was nun folgen würde.

»Und der Knabe?‹ erkundigte sich mein Mann leise. Wie oft hatte ich mich gesehnt die Frage zu stellen!

»Sind Sie stark genug, um die Wahrheit zu hören?‹

»Ja; alles ist leichter zu ertragen als diese beständige Furcht.‹

»Dann lassen Sie Furcht und Hoffnung fahren,‹ antwortete der Doktor feierlich. ›Der Knabe kann nicht am Leben bleiben.‹

»Wie grausam ist dieser Ausspruch!‹

»Sie wollten die Wahrheit hören.‹

»Ein leises verzweifeltes Stöhnen entrang sich der Brust meines armen Mannes. Mir blutete das Herz bei seinem Gram und ich hätte laut aufschreien mögen: da hörte ich, wie ihm der Doktor zuflüsterte! ›Nehmen Sie sich zusammen, damit Sie die Kranke nicht wecken.‹ Sie wußten wohl beide nicht, daß Frau Caruth im Zimmer war. Sobald sich die Tür hinter ihnen geschlossen hatte, machte sie Licht, trat an mein Bett und sah mir ruhig ins Antlitz.

»Sie haben gehört, was der Doktor sagte, Madame; als Sie den Atem anhielten, wußte ich, daß Sie wach wären.‹

»O Martha, es wird meinen Mann umbringen,‹ stieß ich verzweifelt heraus, ›er kann es nicht überleben!‹

»Möchten Sie ihm den Schmerz ersparen?‹

»Um jeden Preis. Selbst meine Seele gebe ich dafür hin – doch es ist unmöglich.‹

»Ich weiß einen Ausweg. Wir müssen die Knaben vertauschen.‹

»Nun und nimmermehr!‹ rief ich.

»Erst hören Sie meinen Plan,‹ sagte sie gebieterisch. Mein Sohn ist ein prächtiger Knabe und mehr wert als hundert solcher Jammerwesen wie Ihr Kind; Sie werden bei dem Tausch nur gewinnen. Ich kann Ihren Knaben nähren und vielleicht am Leben erhalten. In diesem Falle würden wir den Tausch wieder rückgängig machen. Stirbt er – schaudern Sie nicht so – Sie müssen darauf gefaßt sein – stirbt er, so braucht es ihr Gatte nie zu erfahren und er behält immer noch einen schönen, kräftigen Erben.‹

»Ich war so schwach und sie so stark; vielleicht dient mir das einigermaßen zur Entschuldigung. Meinem Gatten zuliebe willigte ich ein, mich von dem Knaben zu trennen: ich gab Frau Caruth Geld und Juwelen und ließ sie schwören, daß sie mein Kind gut behandeln würde.

»Ich will es lieben, als ob es mein eigenes wäre,‹ versicherte sie mir unzählige Male.

»Hierauf muß ich wohl in einen Fieberzustand verfallen sein; ich weinte und stöhnte den ganzen Tag, daß mein Sohn sterben würde. Bisher hatte mich eine freundliche Wärterin gepflegt; sie hieß Kitty Sullivan, war eine Irländerin und katholischer Religion. Sie versuchte auf jede Weise, mich zu trösten, und kniete zuletzt an der Wiege hin, um voll Inbrunst für mein Kind zu beten: ›Gegrüßet seist du, Maria! Heilige Jungfrau!‹ hörte ich sie wieder und wieder sagen, bis ich endlich in einen unruhigen Schlummer sank; doch selbst im Schlaf wurde ich von Furcht gepeinigt.

»Die gute Kitty verließ mich an jenem Abend, und bis die neue Wärterin kam, sollte Frau Caruth meine Pflege übernehmen. Zur Nachtzeit betrat sie das düstere Krankenzimmer, zog ein Bündel unter ihrem Mantel hervor und machte sich an der Wiege zu schaffen. Ich schloß die Augen, um nicht zu sehen, wie sie die Kleider der beiden Kinder vertauschte. Wie ein finsterer Schatten glitt sie zur Türe hinaus und ich hörte ein Kind schreien. Das schnitt mir ins Herz gleich einem Messer: mein Knabe flehte mich an, ihn zu retten! aber alle Lebenskraft war von mir gewichen, ich fühlte mich sterbensmatt und fürchtete mich doch entsetzlich vor dem Tode.

»Als ich wieder zu klarem Bewußtsein erwachte, schien der helle Tag ins Zimmer. Ich ahnte nicht, daß inzwischen ein Monat vergangen war. Der Arzt sprach mit meinem Manne, dessen Blick auf mir ruhte.

»Ihre Frau ist jetzt außer Gefahr,‹ sagte er. ›An ihrer Erhaltung habe ich übrigens nie gezweifelt; aber, daß der Knabe lebt, ist ein wahres Wunder.‹ Man brachte ihn mir ans Bett, er war frisch und rosig und ich schwelgte in seinem Anblick.

»Stellen Sie sich vor, Dora, daß ich Frau Caruth und ihren verruchten Plan gänzlich vergessen hatte und mir einbildete, es sei mein eigenes Kind. Welche Torheit, an den untrüglichen Instinkt der Mutter zu glauben! Ich liebte den Sohn jener abscheulichen Frau mit allen Fasern meines Herzens. Als mir die Erinnerung langsam zurückkehrte, brachte mich der Gedanke fast um den Verstand, aber an meiner Liebe änderte das nichts.

»Man sagte mir, Frau Caruth sei spurlos verschwunden. Nach zwei Jahren kehrte sie jedoch ins Dorf zurück und brachte einen kleinen Knaben mit – meinen und Roderichs Sohn, den wahren Erben von Dunscombe, den ich seiner Rechte beraubt hatte.

»Seitdem fühle ich mich unaussprechlich elend in dem Bewußtsein, was ich für eine unnatürliche Mutter bin. Aber ich konnte und kann den Knaben, den ich liebe, nicht für meinen Sohn hingeben, der meinem Herzen fremd ist.

»Frau Caruth war das wohl zufrieden. Ich gab ihr von Zeit zu Zeit Geld, und weiter verlangte sie nichts. Aber der Knabe, mein armer unglücklicher Sohn, ist auf böse Wege geraten. Heute kam sie, um mir zu sagen, man habe ihn auf einem Diebstahl ertappt und festgenommen. Ich müsse dafür sorgen, daß sein Vater ihn aus dem Gefängnis befreite, sonst würde sie alles verraten.

»O, ich bin das elendeste Wesen unter der Sonne. Helfen Sie mir, Dora! Was fange ich nun an?«

»Sie müssen die Wahrheit gestehen.«

»Das kann ich nicht. Wie sollte ich es wagen! Es brächte Roderich um, wenn er erführe, daß sein Sohn ein Dieb ist. Ich weiß wohl, wie grausam und sündhaft es ist, daß ich mein eigenes Kind hasse und einem andern an seiner Statt meine Liebe zuwende. Doch es läßt sich nicht ändern. Wenn Sie morgen Archibald sehen, werden Sie meine Gefühle begreifen und mich bemitleiden.«

Am andern Tag kam vom Bahnhof ein Jagdwagen am Haus vorgefahren; ein munterer krauskopfiger Schulknabe hüpfte heraus, sprang wie ein Gummiball die Stufen hinauf und in Alice Aylmers ausgebreitete Arme. Bebend und errötend schloß sie ihn an ihr Herz.

»Denke dir nur, Mutter, fast hätte ich mein ›Glück‹ verloren,« rief er, während er noch an ihrem Halse hing. »Es fiel mir von der Uhrkette auf den Bahnsteig und wäre fast auf die Schienen gerollt. Bitte, verwahre es, bis man es wieder an der Kette festmachen kann.« Damit legte er eine kleine silberne Medaille auf das Schränkchen, neben dem er stand.

»Gut, ich will es an mich nehmen,« versetzte sie. »Geh jetzt nur auf dein Zimmer.«

Sobald der Knabe fort war, schwand alle Freude aus Frau Aylmers Zügen und sie warf Dora einen flehenden Blick zu, dem diese jedoch auswich.

»Sein Glück? Was wollte er damit sagen?«

Dora hatte die Medaille in die Hand genommen und betrachtete sie von allen Seiten. Sie war alt und abgenutzt, doch konnte man noch eine weibliche Gestalt darauf erkennen, die eine Krone trug und rings von Pünktchen umgeben war, die wie Sterne aussahen.

»Das gehört auch zu der Geschichte,« sagte Alice. »Die Schaumünze war an einem dünnen weißen Band fest um des Kindes Hals gebunden, das ich zerschneiden mußte, um sie abzunehmen. Als ich Frau Caruth danach fragte, geriet sie zuerst in Verlegenheit und leugnete, etwas davon zu wissen.

»Nach einiger Zeit gestand sie mir aber, es sei ein Amulett, das ihr eine Zigeunerin gegeben habe. Natürlich glaube ich an solchen Zauber nicht, aber ich dachte, es könne nichts schaden, wenn der Knabe die Medaille an seiner Uhrkette trüge.«

»Haben Sie auch das Band aufbewahrt?« fragte Dora mit einer Erregung, die zu der unbedeutenden Tatsache in gar keinem Verhältnis stand.

»Jawohl,« versetzte Frau Aylmer verwundert. »Wollen Sie es sehen.«

Und sie schloß eine Schublade ihres Schreibtisches auf, wo unter andern Erinnerungszeichen aus Archibalds frühester Kindheit ein schmales weißes Band lag, das mit einem festen Knoten um des Kleinen Hals geknüpft gewesen und dicht am Knoten abgeschnitten war.

Dora Myrl nahm es der Mutter hastig aus der Hand, legte es neben des Knaben »Glück« auf den Tisch und betrachtete beides mit großer Aufmerksamkeit.

Dann wich plötzlich die Spannung aus ihren Mienen, und sie wandte sich mit strahlendem Lächeln zu Frau Aylmer hin.

»Es ist alles in Ordnung,« sagte sie.

»Aber was denn, liebe Dora?« fragte Alice erstaunt über die Zuversicht in Ton und Wesen der Freundin, die sie nicht zu deuten wagte.

»Sie sehen doch, daß das Band nur einmal zugeknüpft und nie wieder abgenommen worden ist?«

»Das ist ganz klar, aber —«

»Nur Geduld! Ich will Ihnen sagen, was das Amulett der Zigeunerin eigentlich ist: eine geweihte Denkmünze, auf deren Schutz die Katholiken fest vertrauen. Kein Wunder, daß Frau Caruth sich nicht erklären konnte —«

»O Dora, Sie erschrecken mich. Reden Sie weiter!«

»Sie werden mich gleich verstehen. Sagten Sie mir nicht, Ihre katholische Wärterin habe für den Knaben gebetet, noch ehe die Kinder vertauscht worden waren? Sie hat ihm die Medaille um den Hals gebunden, und sie ist niemals entfernt worden, bevor Sie das Band zerschnitten haben. Können Sie jetzt die frohe Botschaft erraten?«

»Es ist mein Kind, mein eigenes Kind!«

Die Worte kamen in gebrochenen Lauten über Frau Aylmers Lippen.

»Natürlich, Ihr eigenes Kind, liebe Alice,« versicherte Dora mit Bestimmtheit. »Ihre Mutterliebe hat sich nicht getäuscht. Frau Caruths Plan ist leicht zu durchschauen; sie hat weder die Kinder, noch deren Kleider jemals vertauscht, sonst hätte sie die Denkmünze bemerken müssen. Sie behielt ihr eigenes Kind, das sie gewiß auch auf ihre Art lieb hatte, und wußte Ihnen den Glauben beizubringen, daß es das Ihrige sei. Mochte Ihr Sohn nun leben, oder sterben, so hatte sie immer die Möglichkeit, aus dem Betrug Nutzen zu ziehen.«

Hoffnung und Freude malten sich in Frau Aylmers Blicken. Und als jetzt Archibald lustig ins Zimmer gestürmt kam, die Angelrute in der einen Hand und seine Ballkelle in der andern, war er nicht wenig erstaunt, als ihn die Mutter heftig an sich riß, so daß sein Spielzeug auf den Boden rollte, ihn mit Liebkosungen überhäufte und so fest ans Herz drückte, als wolle sie ihn nie wieder aus ihren Armen lassen. »Mein Sohn,« rief sie dabei, »jetzt endlich, endlich gehörst du mir ganz!«

Als Frau Caruth am nächsten Morgen Alice wieder zu sehen verlangte, wurde sie von Fräulein Dora Myrl empfangen. Bei dem Kreuzverhör, das die scharfsinnige junge Dame mit ihr anstellte, verlor die Betrügerin bald alle Fassung und gestand ihre Arglist ein. Mit Furcht und Zittern floh sie aus dem Dorfe und störte fortan Alice Aylmers Frieden niemals wieder.

»Sie sind unser guter Engel, Fräulein Myrl,« sagte Herr Aylmer an jenem Abend, als die drei beisammen saßen, und Alice lächelte dazu glückselig, wenn auch unter Tränen.

Sie hatte ihrem Gatten alles gestanden, und nun sie seiner Vergebung sicher war, kehrte wieder Ruhe in ihre Seele ein.

»Ja,« wiederholte Roderich Aylmer mit Nachdruck, »Sie sind unser guter Engel. Ihnen verdanken wir alles wiedergefundene Glück. Eine dunkle Wolke hing über unserm Hause und Sie waren die Sonne, die sie vertrieben hat. Nun müssen Sie uns aber auch gestatten, Ihnen unsre Dankbarkeit zu beweisen und –«

Da unterbrach ihn Dora mit munterem Lachen. »Reden Sie doch nicht in so poetischen Ausdrücken, Herr Aylmer,« sagte sie. »Ich bitte Sie nur, mich gelegentlich bei Ihren Freunden zu empfehlen, denn jetzt habe ich meinen Beruf entdeckt und will diese Karte sogleich nach der Druckerei schicken.«

Die junge Dame hatte, während sie sprach, etwas auf ein Stück Papier geschrieben, das sie jetzt vor Roderich Aylmer hinlegte.

In sauberer, klarer Schrift, fast so deutlich, als wäre sie gedruckt, waren darauf die Worte zu lesen:

Fräulein Dora Myrl,
Geheimpolizistin.

Die versteckte Violine.

»Ich käme gerne, Sylvia, aber ich kann nicht.«

»Du mußt, Dora!«

»Das ist leicht gesagt. Ich habe einen dringenden Fall zu bearbeiten, der bis morgen fertig sein muß. Wo soll ich die Zeit hernehmen?«

»Du wirst es schon einrichten.«

Die beiden Mädchen hatten am Nachmittag in Doras freundlichem, kleinem Wohnzimmer behaglich bei einer Tasse Tee gesessen. Jetzt sprang Sylvia so hastig auf, daß ihr seidenes Kleid raschelte; schelmische Grübchen zeigten sich in ihren Wangen und ihre Augen leuchteten. Sie mußte wohl eine angenehme Überraschung für die Freundin auf dem Herzen haben, die sie nur noch mit Mühe zurückhielt.

Dora folgte ihr mit den Blicken.

»Höre Sylvia, ich bin zwar Geheimpolizistin, aber dein Rätsel kann ich nicht raten. Wenn du es etwa in deinem neumodischen seidenen Ärmel verbirgst, dann nur heraus damit! –«

Sylvia stellte sich in freudiger Erregung vor sie hin.

»Signor Nicolo Amati wird bei uns spielen. So, nun weißt du's.«

Dora Myrl dachte an keinen Widerstand mehr.

»Natürlich komme ich,« sagte sie lächelnd.

»Ob du Zeit hast oder nicht?«

»Unter allen Umständen!«

Eine solche Gelegenheit hätte sich auch niemand entgehen lassen, geschweige denn ein Mädchen wie Dora Myrl, der die Lebenslust in allen Fingerspitzen prickelte.

Ganz London – das heißt, das ganze gebildete und kunstliebende Publikum Londons, war noch immer voll davon, daß der berühmte Mäcen und Musikkenner, Lord Mellecent, bei einer Reise, die er mit seiner Tochter Sylvia durch Norditalien machte, in einem unter Weinlaub verborgenen Dörfchen am Ufer des Po einen wunderbaren Violinisten mit einer himmlischen Geige entdeckt hatte.

Der Lord war sofort überzeugt gewesen, daß die Geige ein Meisterwerk von Antonio Stradivarius sein müsse, und der Geiger erwies sich als ein direkter Nachkomme von Nicola Amati, dessen Namen er trug. Seit Jahrhunderten hatte sich das kostbare Instrument von Generation zu Generation in der hochbegabten Familie Amati vererbt und für die einfachen Dorfbewohner Musik gemacht. Bei Hochzeiten hatte es zum Tanz aufgespielt und an den Gräbern hatte es seine Klage erschallen lassen. Unter allen Geigern aber, die je mit dem Bogen seine Saiten gerührt hatten, galt der junge Nicola für den ausgezeichnetsten. Er wußte seiner wunderbaren Violine Töne zu entlocken, die lieblicher waren als das Vogelgezwitscher zur Frühlingszeit und wehmütiger als das Stöhnen des Herbstwindes in den entlaubten Bäumen.

Lord Mellecent geriet außer sich vor Entzücken und konnte sich von dem sonnigen Dörfchen nicht losreißen, bis es ihm nach einem Monat gelang, den Geiger samt seiner Violine nach dem nebligen London zu entführen. Man munkelte sogar, die blauen Augen seiner goldhaarigen Tochter Sylvia seien bei dieser Eroberung nicht ganz unbeteiligt gewesen.

Nicolo Amati hatte seine Kunst nicht auf theoretischem Wege erlernt. Die zauberhaften Melodieen, die er zu spielen verstand, wurden ihm nur, wenn man so sagen darf, durch das Gehör als Erbteil übermittelt. Seine ganze Seele war voll Sang und Klang, und die Musik entströmte den Saiten seines Instruments mit solcher Leichtigkeit, wie der Nachtigall ihr Lied aus der Kehle quillt. Als er nun die Meisterwerke der großen Komponisten kennen lernte, sah er sich in eine neue Welt versetzt, die ihm ungeahnte Genüsse bot.

Im Frühling war er nach London gekommen, und als man die Ankündigung las, daß er im Anfang des Herbstes zum ersten Male öffentlich auftreten werde, wurden die Gemüter von fieberhafter Erwartung erfüllt.

So standen die Dinge, als Lord Mellecents Tochter ihrer Freundin Dora Myrl die aufregende Nachricht verkündigte, daß der Künstler, noch vor dem öffentlichen Konzert, bei einem Empfangsabend in ihrem elterlichen Hause spielen würde.

Beide Mädchen waren Schulgefährtinnen gewesen. Die um drei Jahre ältere Dora, die sowohl in der Klasse als auf dem Spielplatz immer die Erste war, hatte sich der schüchternen blondlockigen Kleinen bei ihrem Eintritt in die Schule liebevoll angenommen und ihr alle Schwierigkeiten aus dem Wege geräumt. Daraus entstand allmählich eine innige Freundschaft, doch war und blieb Dora für Sylvia immer eine Respektsperson, und die Grafentochter schaute mit Ehrfurcht und Liebe zu der Geheimpolizistin auf. Seit einiger Zeit widmete sie aber auch zugleich dem wunderbaren Italiener ihre Huldigung und Signor Nicola Amati wurde häufig in den Gesprächen der Freundinnen erwähnt. Dora brannte vor Begierde, ihn zu sehen und zu hören, und zwar nicht um Sylvias willen. Sie selber liebte die Musik leidenschaftlich und wünschte sich persönlich davon zu überzeugen, ob der neue Abgott am Kunsthimmel des Weihrauchs würdig sei, den man ihm streute.

»Ich kenne natürlich seinen unvergleichlichen Wert,« sagte Sylvia, als die erste Aufregung der Mädchen verflogen war und sie wieder ruhig Platz genommen hatten. »Außer mir gibt es in ganz London aber nur noch zwei Leute, die ihn gehört haben, Papa und seinen alten Lehrer. Alle übrigen kommen fast um vor Neugier, gerade wie du, Dora. Und wenn du etwa glaubst, es wird sich herausstellen, daß mein Schwan nur eine Gans ist, so irrst du dich gewaltig. Wir werden an dem Abend nicht mehr als fünfzig Personen bei uns sehen, obgleich man mich förmlich bestürmt hat, um Einladungen zu erhalten. Seit vierzehn Tagen sehe ich mich genötigt, verkleidet umherzugehen, sonst wäre ich nicht mit dem Leben davongekommen.« In ihrer glückseligen Gemütsstimmung plauderte Sylvia immer weiter.

»Monsieur Gallasseau kommt auch. Nicht wahr, du kennst ihn doch? Er ist der zweitbeste Violinspieler der Welt. Bis jetzt hält er sich für den ersten Meister, aber er wird seinen Irrtum schon inne werden. Nein, schüttle nur nicht so ernsthaft den Kopf; du hast ja unsern Italiener noch nicht gehört?«

»Du meinst wohl *deinen* Italiener, Sylvia?«

»Wenn du mir die Worte im Munde verdrehst, Dora, nehme ich die Einladung für dich zurück, hörst du! Komm nur ja recht früh. Jetzt muß ich aber gehen.«

Sie war bei dem Scherz der Freundin lieblich errötet und verließ rasch das Zimmer.

Unter den fünfzig Eingeladenen, die im großen Empfangssaal des Mellecentschen Hauses in der Parkstraße versammelt waren, herrschte die freudigste Spannung! ja sie konnten es kaum erwarten, bis die Diener, die mit silbernen Teebrettern geräuschlos zwischen den Gästen umhergingen, die Erfrischungen herumgereicht hatten. Aus dem leisen Gemurmel der Stimmen hörte man immer nur *einen* Namen heraus oder allerlei abgerissene Sätze, wie: »Man sagt, es sei entzückend!« – »Die reinste Sphärenmusik!« – »Die ganze Geige soll aus einem Stück Holz geschnitzt sein!« – »Und er ist noch so jung und ein so schöner Mann!« – »Er hätte sich gar nicht von Lord Mellecent überreden lassen, nach London zu kommen, wäre Sylvia nicht gewesen. Aber man sagt, sie habe alles daran gesetzt.« – »Der Lord kann aber doch unmöglich seine Einwilligung geben. Er ist viel zu...« – »Heutzutage ist nichts unmöglich. Das Genie dringt überall durch und zerbricht alle Schranken.«

Unterdessen saß Sylvia unbefangen neben Dora Myrl in der vordersten Zuhörerreihe, gegenüber dem Podium, in dessen Mitte das Violinpult auf dem dunkelroten Teppich stand. Sie sah reizend aus in dem weißen Kaschmirkleid mit den blauen Bandschleifen: freudige Erwartung strahlte aus ihren Blicken und ihre Wangen glühten wie die Rosen.

Jetzt entstand eine plötzliche Stille und aller Augen richteten sich auf das Podium, als Lord Mellecent mit zwei Herren aus einer Seitentür trat. Einige der ersten musikalischen Größen Londons folgten ihnen.

Der berühmte Franzose Gallasseau, ein großer, breitschulteriger Mann mit dunkler Gesichtsfarbe, schritt lächelnd zu Mellecents Rechten; doch der junge Italiener zu seiner Linken fesselte vorzugsweise die Blicke der Anwesenden. Hätte auch bisher nichts von seinem Genie verlautet, so würde seine Schönheit allein die allgemeine Aufmerksamkeit erregt haben. Man glaubte, eine griechische Göttergestalt zu sehen; sein blühendes Gesicht trug wahrhaft klassische Züge und aus seinen schwarzen Augen sprühte feurige Begeisterung.

Im Saal war alles totenstill, nur auf dem Podium hörte man Stimmengeflüster. Der geschmeidige Franzose bestand mit höflichen Worten darauf, seinem jungen Berufsgenossen den Vortritt zu lassen, und nach einigem Hin- und Herreden trat Nicolo Amati vor auf die Estrade.

Eine wundervolle alte Geige, die beim Kerzenlicht ihre satte, dunkelrote Färbung zeigte, schmiegte sich an sein Kinn. Er schien sie nur zu liebkosen, so leicht war der Griff, mit dem er sie hielt. Als er dann mit dem Bogen über die Saiten strich, lauschte das Publikum in atemloser Erregung. Solche Töne waren noch nie erklungen, seit Orpheus durch die Macht seiner Musik wilde Tiere gezähmt, Bäume und Steine bewegt und den grimmen Beherrscher der Unterwelt erweicht hatte. Die wahrhaft entzückenden, berauschenden Klänge nahmen Herzen und Sinne gefangen. Wechselvoll wie das Leben selbst riefen sie bald Freude und Liebe, bald Gram und Kummer wach. Gleich einem Regen vielfarbiger Funken perlten die Noten rasch und klar hervor, und dann wimmerte, klagte oder sang die Zaubergeige wieder in der Hand des Meisters. Sie floß über von süßen Melodieen, als habe sie allen Wohlklang bewahrt, der ihr je entlockt worden war, und wolle im Schatz ihrer Erinnerung schwelgen.

Als die Musik endlich in langen, schmelzenden Akkorden dahinstarb, füllten sich aller Augen mit Tränen und eine Weile schienen die Zuhörer noch im Geist den himmlischem Klängen zu lauschen. Dann brach der Beifall los, aber nicht wild und stürmisch, sondern gedämpft, mit ehrfurchtsvoller Scheu, wie aus tiefbewegten Herzen kommend.

Amati verbeugte sich dankend und Dora flüsterte: »Sein Spiel hat ihn selber gerührt, sieh nur den feuchten Glanz in seinem Blick.«

Sylvia erwiderte kein Wort, sie saß regungslos da und ihre Augen leuchteten wie verklärt.

Jetzt erhob sich ein Gemurmel im Saal.

Gallasseaus Namen wurde gerufen, aber ohne besondere Wärme. Doch der Franzose wollte auf nichts eingehen; er weigerte sich zu spielen. »Nein, nein,« sagte er und zog seine breiten Schultern in die Höhe. »Ich will den Zauber nicht brechen. Der Besiegte grüßt den Sieger,« fügte er hinzu, indem er sich lächelnd vor Amati verneigte, »doch möchten Sie mich gewiß nicht öffentlich an ihren Triumphwagen ketten, *mon ami*. Wenn ich Ihnen allein vorspielen und Ihrer Geige zuhören dürfte, würde ich es als eine Gunst betrachten. Aber das ist vielleicht zu viel verlangt.«

Ehe noch Lord Mellecent Einwendungen erheben konnte, erwiderte Amati höflich und in fließendem Englisch, das im Munde des Italieners einen besonderen Wohllaut gewann: »Sie sind allzu bescheiden, Monsieur Gallasseau. Es wird mir eine Ehre sein, wenn Sie mich morgen um zwölf Uhr in meiner Wohnung aufsuchen wollen. Ich stehe dann samt meiner Violine ganz zu Ihren Diensten.«

Gallasseau dankte ihm verbindlich und ohne eine Spur von Neid. Die meisten Zuhörer hatten sich erhoben und entfernten sich geräuschlos, als stünden sie noch unter dem Zauberbann der Musik.

»Dora, du bleibst!« flüsterte Sylvia der Freundin zu. »Amati verbringt den Abend bei uns und wird noch mehr spielen. Ihr müßt gute Bekannte werden.«

»Es ist nicht mein Verdienst, Signorina,« sagte der Italiener im Laufe des Abends zu Dora Myrl, die kaum Worte fand, und ihr Entzücken über seine Kunst auszusprechen. »Ich spiele nicht; meine Geige tut es. Sie ist voller Melodieen, die nur schlafen, bis mein Bogenstrich sie weckt.«

»Ein wunderbares Instrument!« fiel jetzt Lord Mellecent ein, der sich die Gelegenheit, sein Steckenpferd zu reiten, nicht entgehen lassen wollte. »Sie wissen doch,« fuhr er zu Dora gewandt fort, »daß es ein Meisterwerk von Stradivarius ist! dessen eigene Handschrift bürgt uns dafür. Er selbst hat die Violine seinem Paten, dem Sohn seines Lehrers Nicola Amati, geschenkt. Zweihundert Jahre lang haben Mitglieder der Familie Amati auf der Geige gespielt und ihr Ton ist heute noch zauberhafter als an dem Tage, da sie aus des Meisters Hand hervorging. Keine

Violine in der ganzen Welt läßt sich mit dieser vergleichen. Sehen Sie nur die Schnecke an, wie sauber, scharf und fein sie geschnitzt ist! Wie anmutig ist die Biegung des Halses, wie schön geschweift der Resonanzboden. Und erst der Firnis, dieser wunderbare Firnis, dessen Bereitung für die heutige Welt ein unerforschtes Geheimnis ist – er glüht von innen heraus, wie Drachenblut.«

Mellecent hielt die Violine gegen das Licht und die glatte Oberfläche funkelte wie dunkelroter Wein in fleckenloser Schönheit! nur an den Stellen, welche die Hand zahlloser Geiger während der langen Reihe von Jahren berührt hatte, schimmerte die Unterlage von goldgelbem Firnis durch das abgenutzte hellere Rot hindurch.

Dora, die überall Bescheid wußte, verstand sich auch auf Violinen und konnte den Wert des herrlichen Instruments gebührend würdigen. Die ganze Nacht hindurch klang die Musik ihr noch im Ohr und in der Seele fort; auch den Tag über mischte sie sich in alle ihre Gedanken, und störte sie bei der Bearbeitung des dringenden Falls, den sie gerade unter den Händen hatte.

Da kamen rasche Schritte die Treppe herauf, und ohne anzuklopfen, stürmte Sylvia ins Zimmer. Dora hatte sich mit ihrem Drehstuhl umgewandt und sah Nicolo Amatis schönes Gesicht mit trostlosem Ausdrucke hinter dem hastig erregten Mädchen auftauchen. Sobald Sylvia zu Atem gekommen war, ergriff sie das Wort! »Nicht wahr, Dora, du wirst sie wieder finden! Ich habe es dem Signore versprochen. Seine Violine, weißt du – sie ist gestohlen – verschwunden – aber du findest sie gewiß.«

»Wenn ich kann,« war Doras ruhige Antwort. Sie preßte die Lippen zusammen und in ihren klaren, grauen Augen blitzte es seltsam auf. »Vor allem muß ich die näheren Umstände erfahren. Beruhige dich, Sylvia, und nimm Platz. Setzen Sie sich, Signor Amati. Nun erzählen Sie mir, wie das zugegangen ist.«

Amatis Bericht über seinen Verlust wurde häufig von Sylvias teilnehmenden Ausrufungen unterbrochen. Viel hatte er nicht mitzuteilen. Monsieur Gallasseau war statt um zwölf Uhr, wie sie verabredet hatten, schon um Elf gekommen.

Als er mit seinem Violinkasten in einer Droschke vorfuhr, und man ihm sagte, Signor Amati sei ausgegangen, war er sehr enttäuscht. Zuerst beschloß er, zu warten, gab aber diese Absicht gleich wieder auf. Schon nach einigen Minuten kam er, den Violinkasten noch immer auf dem Arm, die Treppe herunter und fuhr fort.

Man teilte dies Amati mit, als er um zwölf Uhr nach Hause kam. Gleich darauf wollte er seine Geige aus dem Kasten nehmen, aber sie war verschwunden. Natürlich fuhr er sofort nach der etwa zwei Meilen entfernten Wohnung des Franzosen. »Als ich dort ankam,« erzählte Amati weiter, »sagte man mir, Monsieur wohne im vierten Stock. Am Eingang fand ich den Türhüter.

»›Kann ich Monsieur Gallasseau sprechen?‹ fragte ich.

»›Monsieur hat strengen Befehl gegeben, daß man ihn auf keinen Fall stören soll.‹

»›Haben Sie die Güte, ihm meine Karte zu bringen.‹

»Der Mann ging mit der Karte zum Fahrstuhl, und während er dort einen Augenblick warten mußte, lief ich unbemerkt vorbei und die steile Treppe hinauf.«

»Bravo!« murmelte Dora leise.

»Ich öffnete die Türe des Wohnzimmers im vierten Stock – doch es war leer. Da hörte ich über mir Geigentöne – das war meine Violine. Rasch stieg ich weiter. – Die Klänge wurden lauter und voller. O, er versteht zu spielen, dieser Monsieur Gallasseau. Ich drückte auf die Klinke; die Türe war verschlossen. Als ich heftig klopfte, hörte die Musik sofort auf; ich vernahm Schritte im Zimmer und ein Metallgeklingel, darauf öffnete sich die Türe und Monsieur Gallasseau stand lächelnd auf der Schwelle.

»›O, Signor Amati,‹ sagte er, ›wie freue ich mich, Sie zu sehen.‹ Indem kam der Türhüter herauf, doch er schickte ihn zornig fort. ›Ich war eben in Ihrem Hause,‹ erklärte er mir dann, ›fand Sie aber nicht. Haben Sie sich in der Stunde geirrt, oder liegt die Schuld an mir? Dann muß ich Sie freilich sehr um Entschuldigung bitten.‹

»Ich stand einen Augenblick wie verdutzt da über seine Frechheit. Dann brach ich los: ›Ich komme, um meine Violine zu holen, die Sie mir entführt haben.‹

»Er reichte mir mit verwunderter Miene seine eigene Geige hin, die auf dem Tisch lag. ›Wenn Sie spielen wollen – sie steht Ihnen zu Diensten. Doch ist Ihr Instrument natürlich viel schöner.‹

»Meine Geige ist mir gestohlen worden, Monsieur.‹

»Gestohlen? – Wie ist das möglich? Sie wissen also nicht, wo sie ist?‹

»Doch, ich weiß es,‹ rief ich voll Zorn. ›Vor wenigen Minuten hörte ich Sie noch darauf spielen, ehe Sie die Tür öffneten.‹

»Er wollte auffahren! dann zuckte er lächelnd die Achseln. ›Eine wunderliche Behauptung, Signore,‹ sagte er; ›aber ich begreife, daß Sie Ihre schöne Geige über alles lieben. Durchsuchen Sie gefälligst mein Zimmer.‹

»Nun suchte ich überall, selbst an den unwahrscheinlichsten Plätzen, konnte aber nichts entdecken.

»Haben Sie sich nun überzeugt?‹ fragte er höflich.

»Daß Sie sich ein sehr schlaues Versteck ausgedacht haben müssen,‹ entgegnete ich.

»Ich will Ihnen die Grobheit verzeihen, Signore, weil Sie einen so schweren Verlust erlitten haben. Adieu!‹

»Nein, nicht adieu, Monsieur. Verlassen Sie sich darauf, ich kehre zurück.‹

»Der Signore wird mir stets willkommen sein,‹ erwiderte er.

»Unterwegs bin ich sodann der Signorina Sylvia begegnet und sie hat mich hergebracht.«

Dora hatte mit halbgeschlossenen Augen und zusammengezogenen Brauen aufmerksam zugehört.

»Ich möchte noch ein paar Fragen an Sie stellen. Bitte Sylvia, sei du ganz still. – Hat Monsieur Gallasseau Ihnen offen ins Gesicht gesehen?«

»Jawohl, und er lächelte dabei. Solange ich im Zimmer war, ließ er mich nicht aus den Augen.«

»Haben Sie nicht bemerkt, ob er am Halse – doch, nein, auf so etwas gibt ein Mann nicht acht. – Können Sie mir sagen, ob ein Spiegel im Zimmer hängt?«

»O, ja, das wollte ich noch erwähnen, es waren vier kleine Spiegel in Metallrahmen da, die in Messingketten hingen. Aber alle vier waren mit dem Glas nach der Wand gekehrt.«

»Wie sonderbar. Haben Sie die Spiegel nicht umgewendet, Signore?«

»Nein, aber ich habe sorgfältig untersucht, ob nicht vielleicht dahinter eine Öffnung in der Mauer war. Ich fand jedoch nichts dergleichen.«

»Und sind Sie überzeugt, daß die Violine sich im Zimmer befand, als Sie klopften?«

»Vollkommen überzeugt. Ich habe sie gehört.«

»Könnten Sie sich über den Ton nicht täuschen?«

»Nein, das ist unmöglich! Eine Mutter würde das Lachen ihres Kindes, ein Liebender die Stimme der Geliebten nicht mit größerer Sicherheit erkennen.«

»Und Sie haben keine Ahnung, wo die Geige versteckt war?«

»Nicht die entfernteste.«

»Aber du weißt es, Dora!« rief jetzt Sylvia mit Ungestüm.

»Das muß sich erst noch herausstellen. Doch jetzt an unser Geschäft. Sie sagen, Signore, daß im Hause eine Wohnung leer steht, die sich gerade unter Monsieur Gallasseaus Zimmer befindet? Gut, morgen miete ich diese Wohnung, und ich werde mich freuen, wenn Sie mich dort so oft und so lange besuchen wollen, als es Ihre Zeit erlaubt. Das heißt, falls du nichts dagegen einzuwenden hast, Sylvia.«

Ein kleiner Puff und ein Kuß war Sylvias Antwort. Der Scherz gab ihr neue Zuversicht; Dora würde schwerlich so heiter sein, wenn sie ihrer Sache nicht gewiß wäre.

Als Amati am dritten Tage Dora in ihrer neuen Wohnung aufsuchte, begegnete ihm Gallasseau auf der Treppe und grüßte ihn mit verbindlichem Lächeln. Noch am selben Nachmittag, während Amati und Dora zusammen beim Tee saßen, ließen sich plötzlich die wundervollen Töne einer Geige vernehmen. »Das ist meine Violine, ja sie ist es!« rief Nicolo ausspringend; »ich will sie schon finden!«

»Nicht so hastig,« sagte Dora und legte die Hand beschwichtigend auf seinen Arm, »Sie haben es schon einmal vergebens versucht; jetzt ist die Reihe an mir.«

»Lassen Sie uns zusammen gehen.«

»Wie Sie wollen. Doch glaube ich nicht, daß Gallasseau uns beide einlassen wird.«

Leise schlichen sie die teppichbelegte Treppe hinauf. Immer lauter und entzückender ertönte die Musik.

»Haben Sie keinen Zweifel?« fragte Dora.

»Ganz und gar keinen.« Amati wollte die Tür öffnen, fand sie aber verschlossen. Sobald er daran rüttelte, schwieg die Geige; man hörte Schritte im Zimmer, der Schlüssel wurde umgedreht und Monsieur Gallasseau erschien in der offenen Tür.

»Guten Abend, Mademoiselle,« sagte er lächelnd, »guten Abend, Signor. Sie kommen, mich um Entschuldigung zu bitten, nicht wahr?«

»Ich komme, um meine Nachforschung fortzusetzen,« war die kurze Antwort.

»Was, wirklich?« sagte er mit verächtlichem Achselzucken. »Nun, gut, sei es drum. Aber es ist das letzte Mal, daß ich mir die Störung gefallen lasse.«

Dora und Amati wollten zusammen hinein; doch der Franzose blieb aus der Schwelle stehen, den Eingang versperrend.

»Nein, nein, beide dürfen Sie nicht eintreten. Entweder das Fräulein oder Sie, Signore. Mir wäre Mademoiselle natürlich angenehm.«

»Wie Sie wünschen, Monsieur,« sagte Dora. »Bitte, warten Sie unten in meinem Wohnzimmer, Signore; in fünf Minuten bringe ich Ihnen Ihre Violine.«

Belustigt lächelnd trat Gallasseau rückwärts ins Zimmer hinein und ließ Dora an sich vorbei. »Es ist sehr komisch,« sagte er, »aber ich heiße Sie, Mademoiselle, in meiner bescheidenen Wohnung willkommen. Finden Sie die Violine nur – wenn Sie können.«

Dora warf einen raschen Blick im Zimmer umher, doch begab sie sich nicht aufs Suchen.

»Weshalb haben Sie die Spiegel fortgenommen, Monsieur?« fragte sie ruhig.

Er machte ein bestürztes Gesicht, doch faßte er sich gleich wieder: »Meine Spiegel, ja so! Hätte ich gewußt, daß mich Mademoiselle mit einem Besuch beehren wollte, so würde ich sie noch nicht zum Lackierer geschickt haben. Es tut mir leid, daß Mademoiselle die Spiegel vermißt.«

»O, das tut nichts. Aber setzen Sie sich, Monsieur. Während ich meine Forschung anstelle, brauchen Sie doch nicht stehen zu bleiben.«

»Verzeihung, Mademoiselle, es wäre unhöflich, mich in Ihrer Gegenwart zu setzen. Ich will lieber stehen und Mademoiselle betrachten, wenn es gestattet ist.«

»Ganz wie Sie wollen.« Dora trat an den Tisch neben der Tür, wo des Franzosen eigene Violine lag. »Hier saßen Sie, Monsieur, und haben gespielt, als wir auf die Klinke drückten?«

»Jawohl, Mademoiselle.«

»Und Sie machten die Tür sofort auf?«

»Gewiß, im nächsten Augenblick!«

»Der Stuhl steht nur ein paar Schritte von der Tür. Da blieb Ihnen also keine Zeit, eine Violine zu verstecken.«

»Ganz und gar keine, Mademoiselle.«

»Außer, wenn Sie sie in Ihrer Nähe verbargen.«

»Natürlich,« stimmte der Franzose bei, der verwundert dreinschaute.

Jetzt gab Dora dem Gespräch plötzlich eine andere Wendung.

»Verzeihung, Monsieur, aber Sie haben da im Kragen ein weißes Band, das ganz fest angezogen ist. Das muß ja sehr unbequem sein. Sie erlauben mir wohl?«

Sie streckte die Hand aus, doch er wich erschreckt vor ihr zurück.

»Ach, es ist ja auch gar nicht nötig,« fuhr Dora gelassen fort. »Sie haben sich ohnehin bereits überzeugt, daß Ihr Spiel entdeckt ist. Bitte, drehen Sie sich um.«

Monsieur Gallasseau zögerte noch eine Sekunde, dann lächelte er mit süß-saurer Miene.

»Sie sind sehr klug, Mademoiselle,« sagte er, und als er sich umwandte, hing ihm wirklich die Violine am Rücken herunter, wie einer schönen jungen Dame ihr Goldhaar.

Der Krückstock.

Der junge Mann atmete erleichtert auf, als er den kleinen schwarzen Reisesack aus derbem Kalbleder dicht neben sich auf einen Platz in dem leeren Eisenbahncoupé gestellt hatte.

Es kostete ihn eine offenbare Anstrengung, den Sack zu heben, und doch war er groß und kräftig gebaut, auch gewissermaßen hübsch. Er hatte hellblondes Haar und trug einen Schnurrbart. Der Ausdruck seines runden Gesichts war ehrlich und gutmütig, doch nicht besonders geistreich, und in den blaßblauen Augen stand jetzt seine innere Sorge und Unruhe zu lesen. Kein Wunder – denn auf dem armen Menschen lastete eine schwere Verantwortlichkeit. Der unscheinbare schwarze Sack enthielt fünftausend Pfund Sterling in Gold und Banknoten, und er – ein jüngerer Kommis in dem berühmten Bankhaus Gower & Grant – sollte diesen Schatz von der Hauptbank in London nach einem zweihundert Meilen entfernten Zweiggeschäft auf der Eisenbahn mitnehmen. Der ältere und erfahrenere Kommis, dem die Beförderung des Goldes für gewöhnlich oblag, war im letzten Augenblick auf ganz unerklärliche Weise erkrankt und man hatte Jim Pollock gewählt, ihn zu vertreten. »Pollock ist groß und stark genug, um jedem, der ihm etwas anhaben will, den Schädel einzuschlagen,« sagte der Bankdirektor, »der ist unser Mann.«

So erhielt denn der junge Kommis den heiklen Auftrag, und es war dem kräftigen Burschen so bange dabei zu Mut wie einem kleinen Kinde, während er doch sonst keine Furcht kannte. Auf der ganzen Strecke hatte er den Sack immer mit der rechten Hand festgehalten und ihn nicht aus den Augen gelassen. Doch jetzt war der Anschluß in Eddiscombe glücklich erreicht! der Schaffner schloß den Reisenden in ein leeres Coupé erster Klasse ein und bis zum nächsten Haltepunkte ging die Fahrt siebenundvierzig Meilen ohne Unterbrechung weiter.

Froh, eine Zeitlang seine Besorgnis abschütteln zu können, lehnte sich Pollock in die weichen Kissen zurück, zündete seine Pfeife an, zog eine Sportzeitung aus der Tasche und vertiefte sich in den Bericht über den internationalen Wettkampf der Fußballklubs in Rugby. Jim hatte den Ehrgeiz, dort selbst einmal einen Preis zu gewinnen.

Der Zug verließ die Bahnstation und rasselte in gleichmäßiger Schnelligkeit durch das ebene Land. Jim las noch immer in seiner Zeitung: dabei bemerkte er nicht, daß zwei scharfe Augen unter dem Sitz gegenüber verstohlen aus dem Dunkel nach ihm spähten. Er sah nicht, wie eine lange, sehnige Gestalt sich einer Schlange gleich auseinanderwand und hervorkroch. Ahnungslos saß er da, bis ihm plötzlich zwei Mörderhände die Kehle zuschnürten und ein Knie ihm die Brust einzudrücken drohte.

Wohl war Jim stark, aber ehe er noch Zeit fand, seine Kraft zu betätigen, lag er schon auf dem Fußboden des Coupés hingestreckt und ein in Chloroform getränktes Tuch war ihm fest in Mund und Nase gesteckt.

Im ersten Augenblick wollte er verzweifelte Gegenwehr leisten und den tückischen Feind von sich schleudern. Doch das Betäubungsmittel raubte ihm Besinnung und Stärke: er fiel schwer auf den Rücken und lag wie ein Stück Holz am Boden.

Bevor den wackeren Burschen das Bewußtsein verließ, dachte er noch: »Nun ist das Geld verloren!« Dies war auch sein erster Gedanke, als er ganz schwindlig im Kopf und mit zermartertem Hirn aus der todähnlichen Ohnmacht erwachte. Der Zug fuhr mit voller Geschwindigkeit: die Coupétür war noch verschlossen, außer ihm befand sich kein Mensch im Wagen – aber der Sack war fort.

Wie wahnsinnig suchte Jim in den Netzen und unter den Bänken – alles leer. Er beugte sich zum Fenster hinaus und schrie um Hilfe.

Der Zug mäßigte seine Geschwindigkeit allmählich und fuhr schnaubend in die Station ein. Schaffner kamen herbeigestürzt und der Stationsvorsteher folgte ihnen bedächtig, eingedenk seiner Würde. Bald drängte sich eine dichte Menge um die Coupétür.

»Man hat mich beraubt,« schrie Jim, »ein schwarzer Sack mit fünftausend Pfund ist mir gestohlen worden.«

Jetzt bahnte sich der Inspektor einen Weg durch die Menge.

»Wo hat der Raub stattgefunden, Herr?« fragte er den aufgeregten Jim, der mit zerzausten Haaren in unordentlichem Aufzug vor ihm stand, mißtrauisch betrachtend.

»Eine Strecke hinter Eddiscombe, wo ich umgestiegen war.«

»Wie ist das möglich? Zwischen hier und Eddiscombe haben wir keine Haltestelle und das Coupé ist leer.«

»In Eddiscombe schien es mir auch leer, aber ein Mann muß unter dem Sitz versteckt gewesen sein.«

»Jetzt ist niemand dort versteckt,« sagte der Bahninspektor trocken. »Sie werden gut daran tun, die Polizei in Kenntnis zu setzen, es ist ein Detektiv auf dem Bahnsteig.«

Der Polizist, dem Jim Pollock seine Geschichte erzählte, hörte ihm zu, ohne eine Miene zu verziehen, und erklärte dann, er müsse ihn in Untersuchungshaft nehmen, bis die nötigen Nachforschungen angestellt wären.

Sofort wurde ein Telegramm nach Eddiscombe abgesandt, wobei sich ergab, daß die Verbindung unterbrochen war. Diese Störung konnte erst vor ganz kurzem eingetreten sein, denn noch eine Stunde zuvor war eine Depesche dort richtig angelangt. Die Ursache der Betriebsstörung ließ sich leicht entdecken, denn neun Meilen hinter Eddiscombe fand man eine Stelle der Leitung, wo mehrere Drähte fast bis auf die Erde herabgezogen und die Isolatoren an einer der Telegraphenstangen zertrümmert waren. Der Boden ringsum zeigte Spuren schwerer Fußtritte, die man durch mehrere Felder bis auf die Landstraße verfolgen konnte, wo sie sich verloren. Trotz aller Bemühungen gelang es der Polizei nicht, noch weitere Anhaltspunkte aufzufinden.

Einige Tage später wurde eine Visitenkarte für Dora Myrl in ihrem kleinen Bureauzimmer abgegeben, wo sie emsig arbeitend am Schreibtisch saß. Gleich darauf trat der bekannte Bankier Sir Gregor Grant, ein behäbiger Herr mittleren Alters mit wohlwollendem Gesicht, bei ihr ein.

»Mein Freund, Lord Mellecent, hat mir von Ihnen erzählt, Fräulein Myrl,« sagte er, ihr die Hand reichend. »Ich bin Teilhaber des Bankhauses Gower & Grant und komme, Sie um Ihren Beistand zu bitten. Vermutlich haben Sie von dem Raub auf der Eisenbahn gehört.«

»Was in den Zeitungen stand habe ich gelesen.«

»Weiter wissen wir auch nicht viel. Ich komme selbst zu Ihnen, Fräulein Myrl, weil mich die Sache persönlich sehr nahe angeht. Es ist nicht sowohl der Verlust des Geldes, den ich beklage, obgleich er bei der Höhe der Summe wohl empfindlich ist. Aber auch die Ehre der Bank steht auf dem Spiel. Wir haben immer unsern Stolz darein gesetzt, daß die Angestellten sich bei uns wohl befanden und unsre Fürsorge ist auch belohnt worden. Seit fast einem Jahrhundert ist kein einziger Fall von Betrug oder Unredlichkeit in unserm Bankhause vorgekommen und wir möchten seinen makellosen Ruf womöglich unbefleckt erhalten. Gegen unsern Gehilfen James Pollock liegt ein starker Verdacht vor. Ist er schuldig, so soll er natürlich bestraft werden. Aber ich hoffe, daß sich seine Unschuld beweisen läßt und deshalb komme ich zu Ihnen.«

»Was glaubt denn die Polizei?«

»Sie hält ihn für den Schuldigen und jeden Zweifel für ausgeschlossen. Nach ihrer Ansicht war niemand im Coupé, folglich konnte es auch niemand verlassen. Pollock muß das Geld einem Helfershelfer durchs Fenster zugeworfen haben. Man will sogar im Boden die Spur gefunden haben, die der schwere Sack beim Fallen hinterließ – etwa hundert Meter näher an Eddiscombe als die Stelle, wo die Telegraphendrähte beschädigt sind.«

»Was ist denn bis jetzt geschehen?«

»Man hat den jungen Pollock festgenommen und steckbrieflich nach einem Mann mit einem schweren kalbledernen Sack gesucht. Das ist alles. Den Hauptdieb meint die Polizei ja ohnehin schon in Händen zu haben.«

»Und was ist Ihre Ansicht?«

»Offen gestanden, Fräulein Myrl, mir ist die Sache zweifelhaft. Allem Anschein nach würde man es für unmöglich halten, daß jemand aus einem Zug entkommt, der in voller Fahrt ist. Aber ich habe unsern jungen Beamten im Gefängnis gesprochen und weiß nicht, was ich davon denken soll.«

»Könnte ich ihn nicht auch sehen?«

»Das würde mich sehr freuen.«

Nachdem Dora kaum fünf Minuten lang mit James Pollock verhandelt hatte, zog sie den Bankier beiseite. »Ich glaube, jetzt zu wissen, wie ich es anfangen muß, Sir Gregor,« sagte sie. »Doch kann ich den Fall nur unter einer Bedingung übernehmen.«

»Ich stelle Ihnen jede Summe zur Verfügung.«

»Um mein Honorar handelt es sich nicht. Davon ist bei mir nie die Rede, bevor der Fall entschieden ist. Aber ich brauche Herrn Pollocks Beistand. Ihr Gefühl hat Sie nicht betrogen – der junge Mann ist unschuldig.«

Auf der Polizei herrschte große Unzufriedenheit, als die Bank ihre Klage zurückzog und James Pollock aus dem Gefängnis entlassen wurde. Man munkelte sogar, die Staatsanwaltschaft werde Einspruch erheben. Pollock fuhr unterdessen in Dora Myrls Gesellschaft mit einem Morgenzug von London nach Eddiscombe. Er empfand eine grenzenlose Dankbarkeit und Ergebenheit für seine Befreierin. Natürlich bildete der Raubanfall ihr Hauptgespräch unterwegs.

»Der Sack war wohl recht schwer, Herr Pollock?« fragte Dora.

»Allzuweit hätte ich ihn nicht tragen mögen.«

»Und doch fehlt es Ihnen nicht an Kraft, sollte ich meinen.« Und sie prüfte seine vorstehenden Muskeln höchst sachverständig mit den Fingerspitzen, wobei er über und über rot wurde.

»Würden Sie den Räuber wieder erkennen, wenn Sie ihn sähen?«

»Auf keinen Fall. Ehe ich noch wußte, wie mir geschah, hatte er mir die Kehle zugedrückt und mir das Tuch mit dem Chloroform in den Mund gestopft. Nicht wahr, Sie glauben doch was ich sage, Fräulein Myrl? Die andern behaupten alle, es sei gar kein Mann dagewesen. Verübeln kann ich es ihnen freilich nicht, denn wie soll der Kerl den Zug verlassen haben, der mit einer Geschwindigkeit von sechzig Meilen die Stunde dahinsauste. Mir ist das unbegreiflich, und meiner Treu, wenn ich's nicht selber wäre, sondern ein andrer, ich würde ihn nach den Indizien auch für schuldig halten. Wissen Sie denn, wie das Kunststück gemacht worden ist, Fräulein Myrl?«

»Das bleibt einstweilen noch mein Geheimnis. Nur so viel kann ich Ihnen sagen, daß ich mich in dem Städtchen Eddiscombe nach einem Fremden mit einem Krückstock umsehen werde, wenn er auch keinen schwarzen Sack trägt.«

In Eddiscombe gab es drei Gasthäuser, aber Herr Mark Brown und seine Schwester machten große Ansprüche. Sie versuchten es mit allen dreien nacheinander, immer nach einem Fremden ausspähend, der einen Krückstock trug. In ihrer Mußezeit durchstreiften sie die Stadt und Umgegend auf zwei vorzüglichen Fahrrädern, die sie wochenweise mieteten.

Als Fräulein Brown (sonst Dora Myrl genannt) eine Woche nach ihrer Ankunft an einem sonnigen Nachmittag die Treppe des dritten Gasthauses hinunterging, begegnete ihr ein Mann in den besten Jahren, der ein klein wenig hinkte und sich auf einen starken eichenen Stock stützte, der glänzend lackiert war und einen gebogenen Griff hatte. Ohne ihn weiter zu beachten, schritt sie an ihm vorüber, aber am Abend plauderte sie mit dem Stubenmädchen und erfuhr, der Fremde sei ein Handlungsreisender, ein gewisser Herr Crowder, der seit einigen Wochen sein Absteigequartier in dem Gasthaus genommen habe und von Zeit zu Zeit mit der Bahn nach London fahre oder auf seinem Fahrrad über Land. »Ein netter, anspruchsloser, freundlicher Herr,« fügte das Mädchen aus eigenem Antrieb hinzu.

Am nächsten Tag begegnete Dora Myrl dem Fremden wieder auf der Treppe. Als sie zur Seite trat, um ihn vorbeizulassen, blieb ihr Fuß an dem Stock hängen, der ihm aus der Hand geschleudert wurde und polternd die Treppe hinunter bis in die Vorhalle rollte.

Dora eilte dem Stock nach, brachte ihn dem Eigentümer zurück, und entschuldigte sich höflich wegen ihrer Ungeschicklichkeit. Zuvor hatte sie jedoch auf der Innenseite der Krücke einen tiefen Einschnitt bemerkt, der durch den Lack ins Holz hineinging. An jenem Abend klimperte Dora eine Weile zerstreut auf dem Klavier in ihrem Wohnzimmer. Sie fuhr mit den Fingern, mechanisch über die Tasten, während ihre Gedanken offenbar ganz wo anders weilten. Plötzlich schloß sie das Klavier mit einem Krach.

»Morgen wollen wir einen Ausflug auf unsern Fahrrädern machen, Herr Pollock,« wandte sie sich an Jim, der ihr geduldig und verständnislos, aber voll Bewunderung zugehört hatte. »Die Stunde kann ich Ihnen noch nicht genau angeben, aber halten Sie sich auf alle Fälle bereit.«

»Jawohl, Fräulein Myrl.«

»Stecken Sie auch einen langen, starken Strick in die Tasche. Sagen Sie einmal, haben Sie einen Revolver?«

»Mein Lebtag habe ich noch kein solches Ding besessen.«

»Dann könnten Sie wohl auch nicht damit schießen?«

»Ich weiß kaum, was hinten und was vorn ist. Aber meine Fäuste verstehe ich zu gebrauchen, wenn das etwas nützen kann.«

»In diesem Fall ganz und gar nichts. Eine einzige Kugel kann dem geübtesten Preisfechter das Handwerk legen. Übrigens genügt ein sechsläufiger Revolver, und ich bin keine ganz schlechte Schützin.«

»Aber Sie wollen doch damit nicht sagen, Fräulein Myrl, daß Sie selber –«

»Ich will jetzt kein Wort weiter sagen. Sorgen Sie nur dafür, daß Sie die Fahrräder und den Strick bereit haben.«

Am nächsten Morgen frühstückte Dora ungewöhnlich zeitig, nahm dann ein Buch zur Hand und setzte sich im Wohnzimmer an das Erkerfenster, das auf die Straße ging. Während sie anscheinend las, hatte sie stets ein wachsames Auge auf die steinernen Eingangsstufen, die man vom Fenster aus sehen konnte.

Gegen halb zehn Uhr kam Herr Crowder die Stufen herunter, doch hinkte er gar nicht mehr, sondern trug ein Zweirad, an dessen Lenkstange ein großer Leinwandsack befestigt war. Ohne Zögern eilte Dora in die Halle hinunter, wo die Fahrräder bereit standen. Im nächsten Augenblick saßen Pollock und sie im Sattel und jagten auf der ebenen Straße mit Windeseile dahin. Weit unten sahen sie gerade noch Crowders hohe Gestalt um die Ecke verschwinden.

»Wir müssen ihn im Auge behalten,« rief Dora während der raschen Fahrt ihrem Gefährten zu. »Das heißt, ich darf ihn nicht aus dem Gesicht verlieren und Sie mich nicht. Ich fahre jetzt voraus und Sie bleiben zurück; aber sobald ich mit dem Taschentuch winke, kommen Sie angesaust.«

Pollock nickte und folgte ihrer Anweisung. So fuhren denn die drei Radler in gleichem Abstand hintereinander her zur Stadt hinaus und auf der Landstraße weiter. Etwa eine Stunde lang ging es immer geradeaus, und zwar entfernten sie sich immer mehr von der Eisenbahn. Dann aber wechselte Crowder die Richtung, so daß sie sich der Bahnlinie wieder näherten. Als er sich dabei umsah, gewahrte er am Ende der einsamen Straße nur ein junges Mädchen auf ihrem Fahrrad. Nach einer Weile blickte er wieder zurück, sah aber niemand mehr, denn Dora fuhr dicht an der inneren Biegung. Jetzt waren sie noch ungefähr eine Meile von der Stelle entfernt, wo die Drähte beschädigt worden waren. Dora kannte die Gegend genau und zweifelte nicht, daß sie das Ziel ihres Ausfluges bald erreicht haben würden. Die Straße wand sich jetzt allmählich einen dicht bewaldeten Hügel hinauf. Der vorderste Radler beschleunigte die Fahrt; Dora strengte sich gewaltig an, ihm zu folgen und Pollock jagte so schnell hinterdrein, daß der Abstand zwischen ihm und Dora sich verringerte. Auf dem Gipfel des Hügels angekommen, machte Crowder eine scharfe Biegung und fuhr dann rasch auf glattem Wege den Abhang hinunter, über den die verschlungenen Äste der Waldbäume ein dichtes Blätterdach wölbten. Am Fuß des Hügels fuhr er noch eine Strecke weiter, sprang dann plötzlich vom Rad und warf einen scharfen Blick nach rückwärts. Es war niemand zu sehen, denn Dora war bei der Biegung zurückgeblieben. Nachdem Crowder sein Fahrrad in einem tiefen Graben, der links an der Straße neben einer Mauer hinlief, verborgen hatte, wo es von zufällig Vorübergehenden nicht bemerkt werden konnte, band er den Leinwandbeutel los und erklomm die Mauer mit großer Behendigkeit.

Dora kam gerade noch rechtzeitig um die Ecke, als er von oben in den dichten Wald hineinsprang. Sogleich ließ sie ihr Taschentuch wehen, setzte sich im Sattel fest und sauste den

Abhang hinunter. Pollock sah das Zeichen, beugte sich tief auf die Lenkstange herab und kam in rasender Eile bis zum Gipfel gefahren.

Das Rad im Graben diente Dora als Wegweiser. Leicht wie ein Vogel schwang sie sich auf die Mauer, raffte ihr enges Kleid fest zusammen und strengte ihre Augen und Ohren aufs äußerste an. Sehen konnte sie nichts, aber aus geringer Entfernung vernahm sie ein leises Rascheln in den Zweigen. Nun schlich sie verstohlen und geräuschlos durchs Unterholz, bis sie einen dunkelgrauen Anzug zwischen dem Laubwerk schimmern sah. Noch wenige Schritte und sie konnte alles klar übersehen. Der Mann kniete am Boden: er hatte einen schwarzen Ledersack unter den dicht verwachsenen Farnkräutern am Fuß einer alten Buche hervorgeholt und war jetzt beschäftigt, eine Menge kleiner Säcke in den großen Leinwandbeutel hineinzustopfen.

Dora glitt vorsichtig weiter, bis zu einer kleinen Lichtung, wo das Buschwerk aufhörte und sie den rechten Arm frei gebrauchen konnte.

»Guten Morgen, Herr Crowder!« rief sie mit scharfer Stimme.

Der Mann fuhr jäh empor, wandte sich und sah etwa sechs Schritte entfernt, im hellen Sonnenschein, ein Mädchen stehen, das ihn mit spöttischem Lächeln anschaute.

Einen Fluch ausstoßend, ließ er die Säcke los und fuhr mit der Hand nach seiner Rocktasche.

»Nichts da! Hände in die Höhe!« erklang der Befehl in gebieterischem Ton.

Er sah wieder hin. Im Sonnenschein blitzte der Lauf eines Revolvers, der von fester Hand gehalten, gerade nach seinem Kopf zielte.

»Hände in die Höhe, oder ich schieße!« Er gehorchte der Weisung. Gleich darauf brach Jim Pollock krachend durchs Unterholz, wie ein Elefant durch die Dschungeln.

Einen Schrei der Überraschung ausstoßend, stand er wie festgewurzelt.

»Aufgepaßt!« rief ihm Dora gelassen zu. »Kommen Sie mir nicht in die Schußlinie. Dort links herum geht Ihr Weg. Nehmen Sie ihm den Revolver weg, der in seiner rechten Rocktasche steckt. So, nun binden Sie ihm die Hände.«

Jim Pollock tat ohne Besinnen, was ihm geheißen wurde. Aber als er den starken Strick um Crowders Handgelenk schnürte und ihm die Arme festband, mußte er daran denken, wie jener im Eisenbahncoupé ihn gewürgt und betäubt hatte und welche Schmach ihm daraus erwachsen war. Wenn er die Stricke nun um so fester anzog, dürfen wir es ihm kaum verübeln.

»Packen Sie jetzt das übrige ein,« sagte Dora, und Jim stopfte den Rest eifrig wieder in den schwarzen Ledersack.

»Werden Sie die Last aber auch tragen können?«

Jim verzog den Mund zu einem glückseligen Lachen und schwenkte beide Säcke mit Leichtigkeit in der Luft.

»Stehen Sie auf,« befahl jetzt Dora dem gefesselten Diebe, »und gehen Sie vor uns her. Ich will Sie gleich nach Eddiscombe mitnehmen.«

Als sie die Landstraße erreicht hatten, band Pollock den Leinwandbeutel an seinem eigenen Fahrrad fest, dann schraubte er auf Doras Wunsch eine von Crowders Trittkurbeln los. Der Gefangene hob flehend die gefesselten Hände empor; allein Dora blieb ungerührt.

»Ergeben Sie sich drein,« sagte sie. »Ich habe gesehen, wie fest Sie im Sattel sitzen. Pollock wird Ihnen aufhelfen und acht geben, daß Sie nicht herunterfallen. Sie haben ein waghalsiges Spiel getrieben und sind besiegt worden. Jetzt müssen Sie auch die Kosten zahlen; das versteht sich von selbst.«

Ganz Eddiscombe geriet in die größte Aufregung, als der Bankdieb am hellen Mittag durch das Städtchen nach dem Polizeiamt geschafft und in sicheren Gewahrsam genommen wurde. Von dem jauchzenden Zuruf der Menge begleitet, fuhr Dora auf dem Fahrrad weiter und stieg vor ihrem Gasthof ab.

Dort erschien Sir Gregor Grant infolge einer telegraphischen Depesche noch am selben Abend. Dora und Jim Pollock mußten mit ihm speisen und der Wirt trug das Beste auf, was es in Küche und Keller gab.

»Auf Ihr Wohl, Pollock!« rief der Bankier, der vor Freude übersprudelte wie der Wein in seinem Champagnerglas. »Wir wollen tun, was wir können, um Sie für die erlittene Unbill zu entschädigen. Ihr Honorar, Fräulein Myrl, möchte ich selber bestimmen. Was meinen Sie, würde Ihnen die Hälfte des geretteten Schatzes genügen? Aber nun sagen Sie mir, wie in aller Welt haben Sie den Dieb und das Geld entdeckt? Ich vergehe fast vor Neugier, es zu hören.«

»Das war gar nicht schwer, wenn man es recht bedenkt. Ich sagte mir, der Mann würde doch kein Narr sein und mit dem schweren Sack im Lande umherziehen, während man ihn steckbrieflich verfolgt. Er mußte ihn zunächst verbergen und eine günstige Zeit abwarten. Als er Herrn Pollock im Hotel erblickte, beschleunigte er seine Maßnahmen, wie ich vorausgesehen hatte.«

»Aber wie haben Sie den Mann gefunden und wie ist er aus dem Schnellzug entkommen? – Doch das werden Sie mir am besten sagen können, Pollock!«

»Mich fragen Sie nur nichts,« erwiderte Jim, der Dora mit stummer Bewunderung betrachtete. »Fräulein Myrl hat alles allein ins Werk gesetzt. Ich weiß nur, daß der Kerl den Einschnitt in seinen Stock gemacht hat, sobald ich bewußtlos dalag. Aber wie und wozu, kann ich Ihnen nicht sagen.«

»Ich will es Ihnen mit Vergnügen erklären, Sir Gregor; Sie haben gewiß bemerkt, daß an der Stelle, wo der Telegraph beschädigt war, die Drähte auf dem Bahndamm dicht am Zug vorbeiliefen. Für einen kräftigen und flinken Mann war es eine Kleinigkeit, die Krücke seines Stockes an ein paar Drähten festzuhaken und sich daran durchs Fenster in die Luft hinauszuschnellen. Dabei wurde er natürlich gegen die Telegraphenstange geschleudert und zertrümmerte die Isolatoren.«

»Wahrhaftig, so muß es gewesen sein, Fräulein Myrl; die Sache ist wirklich einfacher, als man denkt. Doch verstehe ich noch immer nicht –«

»Die Drähte, an denen das Gewicht des Mannes hing, schnitten natürlich tief in das Holz seines Stockes ein. Sie können das hier ganz deutlich sehen.«

Sir Gregor betrachtete die Krücke des dicken Eichenstockes, den Dora ihm hinhielt, aufmerksam durch seine goldene Brille.

»Sobald ich diesen Einschnitt in Crowders Stock sah,« schloß Dora bedächtig, »hatte ich nicht den geringsten Zweifel mehr, wie alles zugegangen sein mußte.«

Die Sibylle.

»Teuerste Dora!

Bitte besuche mich, sobald Du kannst; ich bin in schrecklicher Not. Immer Deine
Dich liebende

Mieze.«

»Was das wohl zu bedeuten hat?« dachte Dora, das Telegramm hin und her wendend. »Mieze
in schrecklicher Not kann ich mir kaum vorstellen. Wahrscheinlich ist ihr ein Schoßhund gestorben oder ein ähnliches Unglück zugestoßen. Besuchen muß ich sie jedenfalls. Ich bin ja
seit einer Ewigkeit nicht mehr bei ihr gewesen.«

Hier muß zuvor erwähnt werden, daß Marie oder wie sie allgemein genannt wurde, Mieze,
eine Waise war, die bei ihrem Vormund Doktor Phillimore und seiner Frau in einer schönen
Villa unfern von London wohnte. Mieze war eine reiche Erbin und ihr Vormund selber ein sehr
wohlhabender Mann, der seine Praxis mehr aus Liebhaberei betrieb und nicht als wirklichen
Beruf.

»Du gute, liebe Dora bist doch die beste Freundin von der Welt!« rief Mieze freudestrahlend,
als sie der Erwarteten bis ans Tor von Roseneck entgegengeeilt kam und sich ihr heftig in
die Arme warf. Sie war blond und blauäugig mit Grübchen in den Wangen; man hätte sie für
fünfzehn Jahre halten können, doch zählte sie bereits zwanzig. Jetzt waren ihr die Augen vom
Weinen gerötet, und während sie sprach, begannen ihre Tränen von neuem zu fließen. Als die
beiden durch den Garten gegangen waren und sich der Villa näherten, hielt Mieze die Freundin
ängstlich am Arm zurück.

»Bitte, geh nicht hinein,« flüsterte sie. »Laß uns hier außen miteinander reden. Seit dem
Mord und der Totenschau fürchte ich mich in dem Hause.«

»Was redest du von Mord und Totenschau?« rief Dora in großer Bestürzung.

»Ach, du weißt ja noch gar nichts – das hatte ich ganz vergessen. Bis jetzt ist es Doktor
Phillimore gelungen, das Unglück geheimzuhalten, damit es nicht in die Zeitungen kommt.
Denke dir nur, Frau Phillimore ist letzte Woche vergiftet worden, und man hat meine arme
Wärterin Fanny Maguire, die mich von klein auf so treulich gepflegt hat, des Mordes angeklagt
und ins Gefängnis geschleppt.«

Das Mädchen brach in ein so trostloses Weinen aus, daß Dora sie rasch nach dem entlegensten Ende des Gartens führte. Hier nahmen sie in der blühenden Fliederlaube Platz, und es
gelang Doras liebevollem Zureden bald, ihre junge Freundin einigermaßen zu beruhigen.

»Nun erzähle mir die ganze Geschichte, Mieze, von Anfang bis zu Ende.«

»Das will ich, so gut ich kann; ich sage dir aber, mir ist ganz wirr im Kopf von all dem
Gräßlichen, was geschehen ist. Du weißt, die arme Fanny kam nach dem Tode meiner Eltern mit
mir hier ins Haus. Mein Vater hatte das so bestimmt, und obgleich man sie gar nicht freundlich
behandelte, wollte sie doch um meinetwillen nicht fortgehen. So oft Frau Phillimore böse auf
mich war, was in letzter Zeit häufig geschah – weshalb, weiß ich nicht – nahm mich Fanny tapfer
in Schutz. Doktor Phillimore war im letzten Jahr die Güte selbst gegen mich, aber mit seiner
Frau konnte ich es kaum mehr aushalten. Sie sagte mir oft Dinge ins Gesicht, die ich nicht
einmal vor dir wiederholen mag, Dora. Vor einem Vierteljahr kam dann Fräulein Graham an.«

»Wer ist denn das?«

»Sie sollte meine Erzieherin oder Gesellschafterin sein, wie mein Vormund wünschte. Gegen
mich war sie ganz reizend und ich fühlte mich sehr glücklich. Fräulein Graham war wunder-
hübsch, eine herrliche Erscheinung mit großen braunen Augen, so schön wie deine. Doktor
Phillimore kam ihr mit großer Höflichkeit und Aufmerksamkeit entgegen und nahm uns überall mit. Aber seine Frau zeigte sich noch unfreundlicher als zuvor; sie behandelte Mabel Graham
mit förmlicher Grobheit, was diese jedoch kaum zu bemerken schien. Vor einer Woche kam die

gute Mabel eines Tages weinend zu mir und sagte, sie müsse das Haus auf der Stelle verlassen. Todunglücklich darüber fragte ich sie, ob Frau Phillimore schuld daran sei. Doch sie verneinte es und sagte, die arme Frau tue ihr von Herzen leid. Warum Mabel so plötzlich fort mußte, erfuhr ich nicht; ja, als ich äußerte, ich würde mit dem Doktor darüber reden, geriet sie in große Aufregung und nahm mir das Versprechen ab, kein Wort davon zu sagen.

»Ich bat und quälte sie immer wieder, mir den Grund mitzuteilen, aber sie weinte nur, wurde rot und verbarg ihr Gesicht in den Händen. Dann sprang sie plötzlich auf, küßte mich und rief schluchzend: ›Lebe wohl, mein Liebling, lebe wohl, und wenn die Leute hinter meinem Rücken Böses von mir sagen, so glaube es ihnen nicht.‹

»Daß Frau Phillimore sich über Fräulein Grahams Fortgehen freute, lag auf der Hand, aber dem Doktor tat es ebenso leid wie mir. Bei ihrer Abfahrt begleitete er sie bis zur Droschke; sie aber sah ihn gar nicht an und ließ sich nicht einmal von ihm beim Einsteigen helfen. Mir dagegen warf sie noch vom Fenster aus Kußhände zu, während ihre Augen in Tränen schwammen. Ich sah noch, wie Frau Phillimore ihr mit der geballten Faust drohte, dann rollte der Wagen fort. Als ich etwa eine Stunde später immer noch weinend im Wohnzimmer saß, trat der Doktor mit seiner Frau ein. Sie schien mich gar nicht zu bemerken, aber mein Vormund kam rasch auf mich zu, schloß mich in die Arme und küßte mich, was er noch nie getan hat.

»Ich war so überrascht, daß ich kein Wort sagte; auch machte ich mir nicht viel daraus. Er ist ja alt genug, um mein Vater sein zu können, und ich glaubte, er wolle mich trösten. Aber seine Frau stürzte sich auf mich wie eine Tigerin, stieß mit den Fäusten nach mir, riß mich an den Haaren und schlug mir ins Gesicht. Ich dachte, sie habe den Verstand verloren, und brachte vor Schrecken keinen Laut hervor. Doktor Phillimore schien ganz außer sich, kam mir aber nicht zu Hilfe, sondern zog nur wütend an der Klingel. Nun schrie ich aus Leibeskräften, worauf Fanny ins Zimmer gelaufen kam und gleich hinter ihr der Diener. Fanny warf sich sogleich auf Frau Phillimore, packte sie bei den Schultern und schüttelte sie tüchtig. ›Du abscheuliches altes Weib!‹ rief sie. ›Wagst du's noch einmal, mein Herzblatt anzurühren, so bring' ich dich um!‹

»Damit schleuderte sie Frau Phillimore von sich, daß sie zu Boden fiel, und lief dann zu mir, um mich zu streicheln und zu liebkosen, als ob ich ein kleines Kind wäre. Der Doktor und seine Frau gingen zur Türe hinaus, ohne ein Wort zu sagen, und als auch der Diener das Zimmer verließ, hörte ich ihn murmeln: ›Es ist eine wahre Sünde und Schande!‹

»Wir beide, Fanny und ich, setzten uns zusammen ans Kaminfeuer; ich lehnte den Kopf an ihre Schulter und ließ mir von der schönen alten Zeit erzählen, ehe wir in dies gräßliche Haus gekommen waren. In der folgenden Nacht aber geschah das Schreckliche. Frau Phillimore wurde mit Arsenik vergiftet, und obgleich der Doktor alles aufbot, um sie zu retten, starb sie doch in der Frühe des nächsten Morgens. Man hatte das Gift in die Tasse Schokolade geschüttet, die sie jeden Abend vor dem Schlafengehen zu trinken pflegte. Als die Dienerinnen bei der gerichtlichen Untersuchung eidlich vernommen wurden, sagte die eine aus, Fanny habe geäußert, sie werde ihrer Herrin einen Trank reichen, an dem sie genug haben solle, und die andre glaubte fast mit Bestimmtheit gesehen zu haben, wie Fanny etwas aus einem Papier in die Schokolade schüttete. Doktor Phillimore hatte vor einigen Tagen ein Quantum Arsenik gekauft und die Düte, auf welcher deutlich ›Gift‹ geschrieben stand, in ein Fach seiner Hausapotheke gelegt. Aus der Düte war so viel Arsenik genommen, daß man zehn Menschen damit hätte umbringen können. An jenem Abend war Fanny aus des Doktors Zimmer gekommen, und als er sie fragte, was sie da zu suchen habe, hatte sie geantwortet, sie wolle nur das Fenster schließen. Das alles kam bei dem Verhör heraus, und so wurde denn die arme Fanny des Mordes beschuldigt und in Haft genommen. »Man erlaubte mir, sie einmal im Gefängnis zu besuchen. Sie hatte gar keine Angst und war nur darauf bedacht, mich zu beruhigen. Daß sie Frau Phillimore nie hatte leiden mögen, sei ganz richtig, sagte sie, aber an der Mordtat sei sie unschuldig wie ein neugeborenes Kind, und Gott werde die Wahrheit schon ans Licht bringen. Das glaube ich auch, und ich bin so froh, daß du gekommen bist, Dora. Du hast ja schon die wunderbarsten Entdeckungen gemacht und wirst die arme Fanny gewiß erretten.«

»Das müssen wir erst abwarten, liebe Mieze. Die Sache scheint auf den ersten Blick recht schlimm zu stehen. Wenn Fanny schuldig ist, will ich auch nicht einmal den Versuch machen, ihr zu helfen. Giftmischer sind mir von Grund der Seele verhaßt, weil sie ihre Opfer nicht in einem Anfall wilder Leidenschaft umbringen, sondern heimlich und mit kaltem Blute.«

»Aber Fanny ist unschuldig, darauf möchte ich schwören.«

»Deine Liebe zu ihr macht dich blind.«

»O nein; aber eine innere Stimme sagt es mir. Wenn du von dem Gedanken ausgehst, daß sie schuldig ist, Dora, so wirst du auf eine ganz falsche Fährte geraten.«

»Was glaubt denn Doktor Phillimore?«

»O, der ist so sonderbar! Er glaubt an nichts im Himmel und auf Erden. Nicht einmal den Anschein gibt er sich, als ob er um seine Frau trauerte oder auf Fanny erzürnt wäre. Er hat sogar versprochen, den besten Verteidiger für sie zu nehmen.«

»Und doch hält er sie für schuldig?«

»Das sagt er nicht; er meint nur, es lägen sehr starke Verdachtsgründe gegen sie vor.«

»Wird er sehr böse sein, wenn er hört, daß ich hier bin?«

»Gar nicht. Er weiß es schon. Als ich ihn fragte, ob ich nicht eine Freundin bitten könne, mir Gesellschaft zu leisten, weil ich mich fürchtete, allein zu bleiben, schien er ordentlich erfreut. ›Jawohl, natürlich,‹ antwortete er, und nach einer Weile erkundigte er sich, ob es Fräulein Graham sei. ›Nein,‹ sagte ich, ›Dora Myrl.‹ ›Ah, die Geheimpolizistin!‹ rief er lachend. ›Freilich, lade sie nur ein!‹ Nicht wahr, du nimmst es nicht übel, daß er gelacht hat?«

»Nicht im geringsten.«

»Und du wirst bei mir bleiben und mir helfen?«

»Ja, wenn du es so sehr wünschest. Ich will mir nur noch einige Sachen holen, zu Tisch bin ich wieder da. Zuvor möchte ich aber ein paar Fragen an dich stellen und verschiedene Besuche machen. Wer hat denn die Schokolade untersucht? Kannst du mir den Namen des Chemikers nennen?«

»Warte einmal – ich glaube, er heißt Doktor Fallon.«

»Den kenne ich; er gilt für sehr geschickt in seinem Fach. Fräulein Graham will ich auch aufsuchen. Du weißt doch, wo sie wohnt? Auch wirst du mir sagen können, in welches Gefängnis man deine alte Wärterin gebracht hat.«

»Ja, ich will die beiden Adressen aufschreiben.«

»Danke, und nun lebe wohl bis zur Essensstunde. Um sieben Uhr bin ich pünktlich wieder da. Sei guten Mutes, liebes Herz; ich will mein Möglichstes tun, damit die Unschuld freigesprochen wird und das Verbrechen den verdienten Lohn erhält.«

Vor der Türe wartete schon eine Droschke, die mit Dora rasch davonrollte.

Doktor Phillimore begrüßte Fräulein Myrl bei ihrer Rückkehr mit großer Herzlichkeit und setzte sich vergnügt zu Tische, ohne den geringsten Kummer über den Tod seiner Gattin zur Schau zu tragen.

Er war ein großer, kräftiger Mann, der kaum wie ein angehender Vierziger aussah, trotzdem sein glänzend schwarzes Haar schon mit Grau durchsetzt war. Seine Züge waren hübsch und ausdrucksvoll, nur hätte der Mund mit den regelmäßigen, weißen Zähnen etwas weniger breit sein dürfen, und die Lippen waren zu wulstig. Die großen, dunklen Augen gaben dem Gesicht ein sanftmütiges Aussehen und seine Stimme hatte etwas ungemein Wohlwollendes.

»Ich kann keinen Schmerz heucheln, Fräulein Myrl,« sagte er mit liebenswürdiger Offenheit. »Meine Frau hat uns alle unglücklich gemacht durch ihre schlimme Gemütsart; sie war von unbezähmbarer Heftigkeit und sehr hart gegen unsre liebe Mieze hier. So ist denn ihr Tod für alle Teile – auch für sie selbst – eine Wohltat gewesen.«

»Aber denken Sie doch an das künftige Leben, Doktor Phillimore.«

»O, mein Vormund glaubt ja an keine Fortdauer nach dem Tode,« fiel Mieze ein. »Ist das nicht entsetzlich!«

Der Doktor schob seinen leeren Suppenteller beiseite und schlürfte mit Behagen ein Glas Wein.

»Das sind ja alles Ammenmärchen,« sagte er gelassen, »an die heutzutage kein vernünftiger Mensch mehr wirklich glaubt, obgleich nur wenige dies eingestehen mögen, weil sie fürchten, ihrem ehrbaren Ruf zu schaden. Natürlich sucht die Geistlichkeit die Leute in ihrem Wahn zu erhalten, sie würde ja sonst ihre Macht einbüßen.«

»Der Doktor ist nämlich Atheist, Dora,« sagte Mieze.

»Das nicht gerade, liebes Kind,« versetzte Phillimore im sanftesten Ton. »Ich glaube nicht an Gott, doch leugne ich auch sein Dasein nicht. Darüber weiß ich einfach nichts Bestimmtes. Was mich anbetrifft, so rechne ich auf kein Leben nach dem Tode, außer dem Fortbestehen der Stoffe, die meinen Körper bilden, was mich nichts weiter angeht. Ich will mir daher möglichst viel Genuß in diesem Leben verschaffen, solange es dauert. Sie wissen ja, Fräulein Myrl, ein Sperling in der Hand ist besser als zehn auf dem Dach.«

Und er trank lachend sein Glas Champagner aus.

»Wenn aber alle so dächten, wäre von keinem moralischen Halt mehr die Rede.«

»Der moralische Halt – wenn es so etwas überhaupt gibt – richtet nicht allzuviel aus. Die Furcht vor Entdeckung und Strafe hat größere Macht. Sie ist es, die den Menschen hindert, ein Verbrechen zu begehen. Wir könnten alle tun und lassen was wir wollten, wären wir sicher, daß man die Spuren unsrer Taten nicht ausfinden würde.«

»Sie glauben also an gar nichts Übersinnliches, Herr Doktor?« fragte Dora mit sichtlichem Interesse.

»O, ich bin für Belehrung durchaus nicht unzugänglich. Ich glaube an alles, was man mir beweisen kann. So halte ich zum Beispiel manches für wahr, was gemeinhin als Aberglauben bezeichnet wird, weil ich mich von der Richtigkeit der fraglichen Tatsachen überzeugt habe. Ich gehöre nicht zu den Menschen, die das Zeugnis ihrer eigenen Sinne verwerfen, wo es sich um Dinge handelt, die mit den uns bekannten Naturgesetzen nicht übereinstimmen. Sowohl der Theosophie wie der Astrologie und Phrenologie spreche ich durchaus nicht alle Berechtigung ab. Und was besonders die Chiromantie betrifft, so gibt es zahlreiche Beweise dafür, daß ein Kundiger aus den Linien der Hand das Geschick des Menschen unfehlbar zu erkennen vermag.«

»Über solche Prophezeiungen habe ich mir von Bekannten die wunderbarsten Sachen erzählen lassen,« versicherte Dora. »Einem jungen Mädchen wurde die ganze Vergangenheit und Zukunft enthüllt; sogar der Name und die äußere Erscheinung des für sie bestimmten Gatten. Alles, was die Sibylle vorbrachte, verhielt sich wirklich so oder ist später eingetroffen. Und der Fall steht durchaus nicht vereinzelt da.«

»Sie wollen doch nicht schon gehen?« fragte der Doktor, als die beiden Freundinnen jetzt zusammen vom Tische aufstanden. »Ist Ihnen vielleicht meine Zigarre unangenehm? Sie haben mich ordentlich neugierig gemacht, Fräulein Myrl. Wie heißt denn diese merkwürdige Sibylle!«

»Madame Celestine, so viel ich weiß. Haben Sie denn ihre Anzeige noch nie in der ›Times‹ gelesen?«

Der Doktor ließ sich die Zeitung bringen und fand Madame Celestines Anzeige auf einer der ersten Seiten.

»Da hätte ich wahrhaftig Lust, einmal selbst vorzusprechen, um ihre Kunst auf die Probe zu stellen.«

»Das geht nicht so ohne weiteres,« erklärte Dora. »Sie würden vielleicht einen ganzen Tag lang warten müssen. In ihrem Empfangssalon drängen sich die Leute wie in den Sprechzimmern berühmter Ärzte, und sie verlangt auch ein ebenso hohes Honorar wie diese – fünf Guineen für jede einzelne Konsultation.«

»Das ist gar nicht zu teuer, wenn sie einen dafür wirklich in die Zukunft blicken lassen kann,« sagte Phillimore, indem er aufstand und an sein Schreibpult in der Ecke trat, wo er einen Scheck ausfüllte und ein paar Worte auf einen Zettel schrieb. Dann zerriß er jedoch beide Papiere wieder. »Nein,« murmelte er, »ich darf ihr meinen Namen nicht verraten – sie könnte sich erkundigen. Wenn sie meine Vergangenheit kennt, wird mir das ein Beweis dafür sein, daß sie mir die Zukunft richtig voraussagt. Besser, ich schicke ihr eine Postanweisung und erbitte mir die Antwort postlagernd.«

Tags darauf erzählte Doktor Phillimore bei Tische, daß Madame Celestine ihn auf den folgenden Tag um vier Uhr bestellt habe, und zeigte Dora eine rosa Karte, die ihm augenblicklich Einlaß verschaffen sollte. Er war offenbar sehr angeregt und befriedigt. »Haben Sie sich schon einmal aus der Hand wahrsagen lassen, Fräulein Myrl?« fragte er.

»Nein, aber vielleicht tue ich es früher oder später einmal.«

»Versäumen Sie es ja nicht. Bei Ihrem Beruf müßte es Ihnen sehr nützlich sein. Nicht wahr, Sie sind doch Geheimpolizistin?«

»Sie wollen sich über mich lustig machen, Herr Doktor.«

»Nein, nein, keineswegs,« versicherte er höflich. »Freilich muß ich gestehen, daß dieser Beruf für eine liebenswürdige junge Dame – ich will nicht gerade sagen komisch ist, aber mir doch ganz und gar nicht passend vorkommt.«

»Nicht wahr, Sie halten uns Frauen alle für schwach und töricht?« fragte sie lächelnd.

»Wie sollte mir das wohl einfallen? – Jedenfalls bilden Sie eine Ausnahme, Fräulein Myrl. Aber glauben Sie denn, daß eine Frau sich in körperlicher und geistiger Beziehung mit so verschlagenen und starken Männern messen könnte, wie man sie häufig in der sogenannten Verbrecherklasse findet?«

»Die Frau ist klug und der Mann ist keck; sein Selbstvertrauen bringt ihn ins Unheil.«

»Wer klüger ist, mag dahingestellt bleiben. Aber könnte denn zum Beispiel eine reizende junge Dame, wie Sie, einen verzweifelten Verbrecher festnehmen, dem weder ihr Geschlecht noch ihre Schönheit die geringste Achtung einflößt?«

»Ich wollte es schon irgendwie bewerkstelligen.«

»Sie weichen meiner Frage aus, Fräulein Myrl, das ist freilich bequem. Nehmen wir einmal an, Sie hätten es mit mir zu tun. Ich führe immer einen geladenen Revolver bei mir und verfehle mein Ziel nie. Doch dessen bedürfte es gar nicht – mit meiner bloßen Hand könnte ich Sie erwürgen.«

Lächelnd streckte er seine wohlgeformte weiße Hand aus und zog den Rockärmel fest, so daß man seine starken Muskeln sehen konnte, die wie Stricke hervortraten.

»Lassen Sie uns doch lieber annehmen, daß Sie nicht mein Gegner sind, sondern mir bei dem Fang Beistand leisten,« rief Dora, »das kommt mir viel wahrscheinlicher vor.«

»Ihr Vertrauen ist mir sehr schmeichelhaft, Fräulein Myrl. Falls sich die Gelegenheit bietet, werde ich Ihnen gern helfen. Wie wäre es aber, wenn Sie morgen mit mir zu Madame Celestine gingen? – Hätten Sie nicht Lust?«

»Es ist mir leider unmöglich. Ich habe morgen ein sehr wichtiges Geschäft vor. Doch werden wir uns später noch sprechen, Herr Doktor.«

»Ein Geschäft als Geheimpolizistin?«

»Ja, Sie haben es erraten,« gab sie lächelnd zur Antwort.

Madame Celestine bewohnte ein höchst anständiges Haus in der besten Stadtgegend. Ein sauberes Messingschild prangte an ihrer Tür und zwei berühmte Ärzte hatten sich in ihrer nächsten Nachbarschaft niedergelassen.

Beim Läuten der elektrischen Klingel wurde die Tür von einem Diener in Livree geöffnet und Doktor Phillimore betrat das hübsch ausgestattete Vorzimmer. Als die Tür des Empfangssaals aufging und eine Dame herauskam, sah der Doktor, daß dort eine Menge Leute warteten. Sobald er dem Diener jedoch die rosa Karte vorzeigte, wurde er auf einer geheimen Treppe in Madame Celestines Sprechzimmer geführt. Dies war ein großer Raum, der im ersten Stock nach hinten hinaus lag, ganz mit dunklem Samt verhängt und schwach erleuchtet war. Am andern Ende des Zimmers konnte er nur undeutlich das bleiche Gesicht einer Frau erkennen, die ihn mit weißer Hand durch das Dunkel zu sich winkte. An der Decke hing über ihrem Haupte eine elektrische Lampe mit engem, zylinderförmigem Schirm, der einen runden, weißen Lichtschein auf den Boden warf. Dicht neben dem Sitz der Sibylle stand ein zweiter Stuhl, auf dem Doktor Phillimore Platz nahm. Sie ergriff seine große, weiße Hand, hielt sie mit der Fläche nach oben und ließ den Strahl des elektrischen Lichtes darauf fallen. Er fühlte, wie ihre Fingerspitzen bebten, während sie die Linien genau betrachtete.

»Hier sehe ich Stärke ohne Skrupel,« begann sie mit leiser, wohllautender Stimme. »Ihr Leben hat sich nicht im gewöhnlichen Geleise bewegt und wird auch keinen gewöhnlichen Verlauf nehmen.«

»Nennen Sie nur Tatsachen,« fiel er ihr ins Wort.

»Soll ich von Ihrer Vergangenheit oder Ihrer Zukunft reden?«

»Zuerst von der Vergangenheit. Was Sie sagen, wird mir eine Bürgschaft sein, daß Sie mir über die Zukunft nur Wahrheit verkünden.«

»Ganz recht,« versetzte sie, »man lernt das Zukünftige erst kennen, wenn man die schon durchlaufene Bahn verfolgt.«

Sie nannte ihm nun seinen Namen, sein Alter und seinen Hochzeitstag.

»Das sind Kunststücke, auf die sich jede elende Wahrsagerin versteht,« sagte er grollend.

»Soll ich Ihren Charakter und Ihre Lebensansichten schildern?«

»Nein, aus denen habe ich nie einen Hehl gemacht. Sagen Sie mir etwas, wovon außer mir niemand weiß – dann will ich an Sie glauben.«

»Ein Geheimnis Ihres Lebens?«

»Ja.«

»Ein Verbrechen, das Sie begangen haben?«

Er fuhr zusammen, faßte sich aber gleich wieder. »Ja,« erwiderte er, »ein Verbrechen, wenn Sie es so nennen wollen.«

Eine Stille entstand; dann sagte die Sibylle langsam und nachdrücklich: »Sie haben Ihre Frau vergiftet.«

»Das ist erlogen!« rief er wild und wollte aufspringen.

Doch sie hielt seinen Arm fest, und jetzt zitterte ihre Hand nicht mehr. »Es ist nicht erlogen,« sagte sie mit Bestimmtheit; »Sie wissen, daß es wahr ist. Verhalten Sie sich ruhig, ich werde Ihnen alle Einzelheiten des Mordes berichten, samt dem Beweggrund, der Sie dazu getrieben hat.« Der Ton ihrer Stimme und die Berührung ihrer Hand hielten ihn wie in einem Bann; auch siegte die brennende Neugier, die ihn verzehrte, über seine Furcht und Bestürzung. Er hatte seine Kaltblütigkeit rasch wieder gewonnen.

»Reden Sie, ich will Ihnen zuhören,« erwiderte er vorsichtig.

»Ihre Frau war sehr eifersüchtig und von heftiger Gemütsart,« begann die Sibylle.

»Halten Sie sich nicht mit Gemeinplätzen auf,« unterbrach er sie.

»Doch Sie gingen Ihrem Vergnügen nach, ohne sich um die Gefühle Ihrer Frau zu kümmern. Eine rasende Leidenschaft für Fräulein Graham, die Erzieherin Ihres Mündels, hatte Sie ergriffen.«

Er fuhr wieder zusammen und wollte unwillkürlich die Hand schließen, deren Linien sie betrachtete; dann murmelte er: »Reden Sie weiter!«

»Als Sie Fräulein Graham Ihre Liebe erklärten, verließ sie noch am nämlichen Tage voller Entrüstung Ihr Haus.«

»Vielleicht hat sie Ihnen alles das selbst erzählt –«

»Etwa auch das Folgende? – Sie beschlossen, sich von Ihrer Frau zu befreien und den Verdacht auf die Irländerin Fanny Maguire zu wälzen, so daß Ihnen selbst keine Gefahr drohte. Um Ihre Frau eifersüchtig zu machen und zum Zorn zu reizen, küßten Sie Ihr Mündel an jenem Abend in ihrer Gegenwart. Die heißblütige Irländerin, die dazu kam und das Kind nicht mißhandeln lassen wollte, stieß Schmähreden gegen Ihre Frau aus, die, wie Sie wußten, als schwerwiegender Schuldbeweis gegen jene gelten würden. Ja, die erbitterte Fanny schüttete sogar Ihrer Frau aus Rache Rhabarberpulver in die Schokolade. Sie sahen die Alte in Ihr Zimmer gehen und hofften, sie würde das Arsenik nehmen. Da sie das nicht tat, bedienten Sie sich selber des Giftes und lenkten den Verdacht auf die Irländerin.«

Die Sibylle sprach mit leiser Stimme, doch so deutlich, daß man jedes Wort verstehen konnte. Seltsamerweise hörte ihr Doktor Phillimore, nachdem er sich von seinem Schrecken erholt hatte, mit einer gewissen Befriedigung zu. Sein Glaube an die Handwahrsagerei war bestätigt worden; er setzte nun volles Vertrauen in diese Kunst und hoffte Vorteil daraus zu ziehen.

Der Anflug von Furcht ging bei ihm rasch vorüber und er kannte keine Scham.

»Das ist alles sehr interessant,« sagte er mit fester Stimme.

»Ist es nicht wahr?«

»Wozu fragen Sie mich, wenn Sie es so genau wissen?«

»Weil Ihre Zukunft von der Vergangenheit abhängt. Ich kann nur Schritt für Schritt in meiner Erkenntnis weitergehen und muß Gewißheit haben – bevor ich vorwärts dringe. Deshalb wiederhole ich meine Frage, ob ich die Wahrheit verkündet habe.«

»Freilich ist es wahr,« erwiderte er hohnlachend. »Doch werde ich im Notfalle meine Unschuld beschwören.«

»Wer hat das Arsenik in die Tasse geschüttet?«

»Ich sage Ihnen ja, daß ich es war!«

Sie wollte weiter reden, doch er fiel ihr hastig ins Wort: »Jetzt ist es an mir, Fragen zu stellen. Sagen Sie mir, wird Mabel Graham je mein eigen werden?«

Die Sibylle betrachtete seine Hände genau, zuerst die rechte, dann die linke.

»Die Linien sind schwach,« sagte sie. »Ich kann Ihr Schicksal daraus nur undeutlich erkennen und muß mich erst noch eingehender überzeugen. Oft ist der Rücken der Hand ebenso wichtig als die innere Fläche.«

Damit legte sie seine beiden Hände fest zusammen, daß sich die Fingerspitzen und die Gelenke berührten und beugte sich dann nieder, um sie genau zu betrachten.

Plötzlich blitzte etwas auf in dem hellen Lichtkreis, man vernahm ein Klirren von Metall und ein paar Handschellen saßen fest an des Doktors Gelenken.

»Das ist meine Antwort,« rief Dora Myrl, nicht mehr mit verstellter Stimme, und sprang von dem Stuhl auf. »Mabel Graham ist für immer vor Ihren Nachstellungen sicher und Fanny Maguire hat ihre Freiheit wieder!«

Das Zimmer war auf einmal vom Glanz des elektrischen Lichts erhellt und zwei Männer in Polizeiuniform sprangen hinter den Samtdraperieen hervor. Sie faßten den Bösewicht bei der Schulter und führten ihn mit sich fort.

Wer gewinnt?

»Darf ich eintreten, Fräulein Myrl?« Mit diesen Worten erschien ein hübscher junger Mann auf der Schwelle. Er war fein gekleidet und aus seinen lustigen braunen Augen sprachen Schelmerei und Mutwillen.

Dora wandte sich rasch auf ihrem Bureaustuhl um und musterte ihn mit scharfen Blicken.

»Bitte, sehen Sie mich nicht so an,« sagte er und hielt sich den Hut vors Gesicht, als ob er sich vor ihren Augen schützen wollte. »Ich habe gestern auf Lord Mellecents Ball drei Tänze mit Ihnen getanzt, und als wir zur Abkühlung im Gewächshaus saßen, erlaubten Sie mir, Ihnen meine Aufwartung zu machen. Nicht wahr, Sie erinnern sich daran?«

»Nein, ich weiß nichts davon.« Dora mußte sich auf die Lippen beißen, um nicht zu lachen! es lag eine so köstliche Dreistigkeit in dem Wesen des flotten jungen Herrn.

»Das ist ja schauderhaft! Aber an den Wintergarten erinnern Sie sich doch?«

»Gewiß, sehr gut.«

»Dort fragte ich, ob ich Sie besuchen dürfte. Und Ihr ›Nein‹ war so reizend, daß es ganz wie ›Ja‹ klang.«

»Eine kühne Behauptung!«

»Vielleicht habe ich Sie mißverstanden, aber nun ich einmal hier bin, werden Sie mir gewiß nicht die Türe weisen. Darf ich Platz nehmen? – Besten Dank; ich möchte gern mit Ihnen plaudern. Wissen Sie, ich hatte gar keine Ahnung, wer Sie sind, bis mein Alter es mir sagte. Sie kennen ihn ja – Sir Gregor Grant; er schwärmt förmlich für Sie. Als wir nach dem Ball gemütlich zusammen eine Zigarre rauchten, wie wir zu tun pflegen, gratulierte er mir zu meinem guten Geschmack.

»Du sprichst wohl von dem hübschen kleinen Mädchen in Rosa, Vater?‹ fragte ich.

»›Von wem sonst?‹

»›Ein süßes, unschuldiges Ding. Sobald ich weiß, wer sie ist, mache ich ihr einen Antrag; ich bin schon über Hals und Kopf in sie verliebt.‹

»Da lachte mein Alter so herzlich, daß ihm sein Zigarrendampf in die falsche Kehle kam und er tüchtig husten mußte. ›Einen Antrag!‹ rief er. ›Da würdest du junger Fant schön ankommen. Dein süßes, unschuldiges Ding ist niemand anders als die berühmte Dora Myrl, die in Cambridge ein glänzendes Doktorexamen gemacht hat und jetzt wertvolle Dienste als Geheimpolizistin leistet.‹

»Aber mein Alter irrt sich gewiß; ich sah gleich, daß nur die Eifersucht aus ihm sprach.«

»Nein, ich bin wirklich Dora Myrl; doch Ihr Vater lobt mich viel zu sehr.«

»Das kann er gar nicht. Doch darum handelt es sich jetzt nicht. Würden Sie meinem Antrag Gehör schenken?«

»Nein,« sagte Dora, die sich des Lachens nicht mehr erwehren konnte, »ich würde Sie auf der Stelle abweisen.«

»Das ist also aus und vorbei. Nun dann wollen wir wenigstens gute Freunde bleiben. Und wenn ich Sie um einen Gefallen bitte, den Sie einem meiner Kameraden leisten könnten, werden Sie mir's gewiß nicht abschlagen.«

Er sprach nicht mehr in dem scherzhaften Ton wie bisher und Dora stieg zum ersten Male die Vermutung auf, daß sein Besuch einen bestimmten Zweck haben könne.

»Reden Sie jetzt im Ernst?« fragte sie.

»Jawohl, mein Vater hat mir von Ihnen erzählt und ich müßte ja keine Augen haben, wenn ich nicht sähe –«

»Erzählen Sie mir Ihre Geschichte,« fiel ihm Dora ins Wort.

»Das will ich. Sie kennen doch Sir Werner Hernshaw?«

»Ja, aber ich weiß nicht viel Gutes von ihm. Man sagt, er sei ein Spieler; an der Börse, am Kartentisch, auf dem Rennplatz, überall versucht er sein Glück und gewinnt große Summen. Wettet er auf ein Pferd, so bleibt es meistens Sieger; wird er Direktor einer Gesellschaft, so steigen die Aktien zuerst unfehlbar.«

»Mir scheint, Sie sind Sir Werner nicht sehr wohlgesinnt.«

»Er ist mir zu hübsch und zu freundlich und hat zu viel Glück – das nimmt mich gegen ihn ein.«

»Umso besser. Sir Werner hat einen schlechten Einfluß auf meinen Vetter Lord Wellmount, der mein liebster Freund und der beste Mensch von der Welt ist, aber arglos wie ein neugeborenes Kind. Wellmount ist erst im vergangenen Jahr mündig geworden und hat sein großes Besitztum angetreten, das bisher für ihn verwaltet wurde. Nun streut er sein Geld mit vollen Händen umher. Vor drei Monaten hat ihm Sir Werner schon zehntausend Pfund Sterling abgenommmnen, und wenn Sie uns nicht beistehen, Fräulein Myrl, wird mein Vetter ihm sicherlich in etwa drei Wochen fünfzigtausend Pfund Sterling bezahlen müssen.«

»Aber wieso, weshalb? – Können Sie mir die Geschichte nicht ordentlich erzählen, damit ich klug daraus werde!«

Ihr Ton klang ungeduldig, und der junge Grant machte große Augen. *Diese* Dora kannte er noch nicht; es war ihm kaum begreiflich, daß sie dasselbe Mädchen sein sollte, mit dem er an jenem Abend im Ballsaal und im Gewächshaus so lustig gescherzt und geplaudert hatte.

»Die Sache verhält sich folgendermaßen,« sagte er. »Sie haben vielleicht gehört, daß Werner sich das schöne alte Rittergut Wolverholt gekauft hat. Er sieht dort fortwährend Gäste bei sich, denen es nicht an Unterhaltung fehlt, denn auf der ausgedehnten Besitzung sind große Plätze zum Tennis, Kricket und Golfspiel eingerichtet; sogar für eine Privatrennbahn ist bestens gesorgt. Sir Werner besitzt ein vorzügliches Rennpferd, den ›Jumping Frog‹, der vor zwei Jahren beim internationalen Rennen den ersten Preis davongetragen hat; letztes Jahr hat ihm aber Wellmounts ›Griffin‹ den Rang abgelaufen, der nach meiner Ansicht ein noch besseres Pferd ist. ›Jumping Frog‹ und ›Griffin‹ gelten seitdem für die zwei besten Renner im ganzen Königreich, mit denen sich kein andres Pferd messen kann. Vor etwa vier Monaten veranstaltete nun Sir Werner ein Wettrennen der beiden edlen Tiere auf der Rennbahn in Wolverholt mit gleichem Einsatz von zehntausend Pfund Sterling, wobei ›Jumping Frog‹ Sieger blieb.«

»Dabei ist doch nichts Merkwürdiges. Wer kann denn mit Bestimmtheit sagen, welches von zwei guten Pferden das bessere ist?«

»Nur ein wenig Geduld, Fräulein Myrl! Das Rennen war jedenfalls großartig. Lord Wellmounts ›Griffin‹ hatte von Anfang an die Führung. Bei dem zweiten und letzten Hindernis war er um fünf Längen voraus und in voller Pace. Es war eine große, dichte Hecke, die aber einem guten Springer keine Schwierigkeit bot. Ich sah wie ›Griffin‹ zum Sprung ansetzte und wie ein Vogel über die Hecke flog; doch drüben stand er plötzlich stockstill und zitterte am ganzen Leibe. Sein Jockei konnte ihn weder mit den Sporen noch mit der Peitsche vorwärts treiben. Unterdessen war ›Jumping Frog‹ längst an ihm vorbeigeprescht und durchs Ziel gegangen. Das Sonderbarste dabei ist aber, daß ›Griffin‹ schon nach fünf Minuten wieder ganz munter und wohlauf war und sich keine Spur einer Verletzung entdecken ließ. Es machte ganz den Eindruck, als hätte das Pferd einen plötzlichen Schreck bekommen, aber es war nichts da, wovor es sich fürchten konnte.«

»Mag sein,« sagte Dora. »Doch jedenfalls ist diese Sache abgetan; auf das alte Wettrennen kann man doch nicht zurückkommen.«

Es klang etwas wie Enttäuschung aus ihren Worten.

»In drei Wochen soll die Geschichte ja wieder von vorn anfangen,« rief Hugo Grant eifrig, »und diesmal haben sie fünfzigtausend Pfund Sterling gewettet. Lord Wellmount hält seinen ›Griffin‹ für das bessere Pferd und ich stimme ihm darin vollkommen bei. Trotzdem bin ich überzeugt, er wird die Wette verlieren. Erst heute ist mir zu Ohren gekommen, daß Sir Werner den Buchmachern hohe Beträge auf sein eigenes Tier zahlt, drei zu zwei, oder selbst zwei zu eins, wenn sie sich nicht auf weniger einlassen wollen. Das würde er nun und nimmermehr tun, wenn er nicht seiner Sache gewiß wäre. Zum Überfluß hat mein Vetter Wellmount noch plötzlich den Einfall bekommen, eine Vergnügungsfahrt nach Amerika zu machen, und die ganze Sorge für sein Pferd und das Rennen bleibt mir allein überlassen.«

»Was wünschen Sie denn aber, daß ich dabei tun soll?«

»Ich möchte, daß Sie dem Wettrennen beiwohnen.«

»Wie könnte ich das ohne Einladung!«

»Dafür will ich schon sorgen. Herr und Frau Aylmer werden dort sein. Die liebenswürdige Frau ist Feuer und Flamme für Sie, Fräulein Myrl, und hat nur erst gestern gesagt, es würde ihr Vergnügen machen, Sie unter ihre Fittiche zu nehmen.«

»Sie scheinen ja bei Ihren Plänen sehr zuversichtlich zu Werke zu gehen.«

»Nehmen Sie mir's nicht übel, aber der Besuch eines hübschen jungen Mädchens ist Sir Werner stets willkommen – das weiß ich. Übrigens werde ich auch dort sein, vielleicht ist das für Sie verlockend.«

»Ganz und gar nicht. Sie sind gewiß nur im Wege. Doch möchte ich nicht, daß Sie um meinetwillen wegblieben.«

»Dann kommen Sie also hin?«

»Ja, das will ich.«

»Wie gut von Ihnen! – Etwas habe ich übrigens noch zu erwähnen vergessen – einen ganz unbedeutenden Umstand, den ich Ihnen aber nicht vorenthalten will. Unmittelbar nach dem Rennen ergab sich, daß die Telegraphenleitung in Unordnung war; Sir Werner hatte nämlich einen Anschluß bis zum Rennplatz machen lassen. Als aber Wellmount eine Depesche abschicken wollte, war der Draht durchgeschnitten. Man fand die beschädigte Stelle gerade einem Jagdhäuschen gegenüber, das etwa sieben Meilen entfernt, dicht an der Grenze des Gutes liegt und wo die Jäger ihr Frühstück einzunehmen pflegen. War das nicht sonderbar?«

»Freilich, sehr sonderbar,« bestätigte Dora.

Der Plan ward ausgeführt, und Sir Werner bewillkommnete Fräulein Myrl bei ihrer Ankunft mit sichtlichem Vergnügen. Offenbar freute er sich, das kluge, unterhaltende, junge Mädchen unter seinen Gästen zu sehen; ihre Wirksamkeit als Geheimpolizistin kam ihm vor wie ein Scherz.

Dora und Hugo Grant schienen sich sehr zu einander hingezogen zu fühlen; wenigstens waren sie fortwährend zusammen unterwegs, bald mit Tennisschlägern, bald mit Golfkellen oder auf ihren Fahrrädern, um die Gegend zu durchstreifen. Die große Hürde aus Schwarzdorn, die für »Griffin« verhängnisvoll geworden, erregte Doras ganz besonderes Interesse; sie war zwar sehr hoch und dicht, doch hatte man keine schweren Balken dazu verwendet, an denen ein Pferd hängen bleiben, oder sich wehtun könnte. Bei genauer Untersuchung der muldenförmigen Bodenvertiefung, in der die Hürde ziemlich abgelegen stand, so, daß sie vom Haus aus nicht gesehen werden konnte, machten Grant und Dora drei sonderbare Entdeckungen. Auf dem Boden zwischen den Wurzeln des Schwarzdorns fanden sie viele schwarze Körner, die wie Rehposten aussahen. Die Farbe ließ sich jedoch abreiben und darunter kam rotes Kupfer zum Vorschein. Beim Durchforschen der Zweige entdeckten sie dann mehrere dünne Fetzen eines Gewebes aus Guttapercha, wie es für chirurgische Binden gebraucht wird, und schließlich grub Dora am inneren Rande der Hecke eine kleine leere Arzneiflasche mit sehr engem Halse aus dem Boden.

Grant betrachtete das alles mit großer Verwunderung; aber Dora war ein Licht aufgegangen.

»Hier heißt es abwarten,« sagte sie jedoch.

Es vergingen noch zehn Tage, und alle Vorbereitungen für das Rennen wurden getroffen. Auch den Telegraphen hatte man wieder von der Straße aus bis nach dem Rennplatz geführt. Sir Werner ließ seinen eigenen Elektrotechniker namens Shore aus Yorkshire kommen, um den Anschluß zu bewerkstelligen. Der Mann gebrauchte statt der Stangen ein dünnes isoliertes Kabel, das in einem flachen Graben unterirdisch gelegt wurde. Er schien es mit der Arbeit nicht sehr eilig zu haben, denn den halben Tag lang trieb er sich müßig umher. Am zweiten Tag gesellte sich Dora zu ihm und äußerte ganz unschuldig: »Hoffentlich wird die Leitung nicht wieder beschädigt werden, wie das letzte Mal!« worauf Shore keine Antwort gab, sondern nur halb schlau, halb einfältig lachte, ohne sich in seiner Beschäftigung stören zu lassen.

Am vorletzten Abend, ehe das Rennen stattfinden sollte, war die ganze Gesellschaft nach Tisch auf dem mondbeschienenen Rasenplatz versammelt und in verschiedene Gruppen geteilt, die sich ganz nach eigenem Gefallen belustigten.

»Würde man es wohl sehr unpassend finden,« flüsterte Dora dem jungen Grant zu, »wenn wir zusammen einen kleinen Ausflug bei Mondschein auf unsern Fahrrädern machten?«

»Kein Mensch wird es merken, wenn ich die Räder dort unten nach der Allee bringe, wo es ganz finster ist,« entgegnete er voll Eifer.

»Gut, tun Sie das. Ich will mir nur einen dunklen Mantel holen; in zehn Minuten treffe ich Sie dort.«

Bald fuhren die beiden geräuschlos am Rand der Felder dahin. Als sie eine Stelle erreichten, von der aus man die schwarze Hürde deutlich sehen konnte, glitt Dora aus dem Sattel und Grant folgte ihrem Beispiel. Ein großer Mann, dessen dunkler Schatten sich im Mondschein deutlich abhob, arbeitete dort an der Hürde. Dora beobachtete ihn einige Minuten lang durch einen scharfen Feldstecher.

»Jetzt geht er fort,« flüsterte ihr Grant ins Ohr.

Der Mann raffte sein Werkzeug zusammen und schritt nach der Straße hin, wo sein Zweirad im Schatten der Mauer lehnte. Nachdem er seinen Sack an die Lenkstange gehängt hatte, stieg er auf und war bald verschwunden.

»Was nun?« fragte Grant in großer Aufregung.

»Wir folgen ihm und lassen ihn nicht aus dem Gesicht.«

Nachdem sie etwa sieben Meilen auf der ebenen Landstraße hinter dem Manne hergefahren waren, sahen sie ihn die Tür zu Sir Werners Jagdhäuschen öffnen und eintreten.

Dora triumphierte. »So,« rief sie keuchend, denn sie war außer Atem, »jetzt können wir nach Hause fahren.«

Die versammelten Gäste befanden sich noch draußen auf dem Rasenplatz und die Radfahrer konnten ungesehen ins Haus schlüpfen.

»Morgen nach dem Frühstück spielen wir eine Partie Golf,« sagte Dora zu Grant, bevor sie auseinandergingen. »Während des Spiels können wir dann alles weitere verabreden.«

Am Morgen hatten das ganze weite Gelände für sich allein, denn die übrigen Gäste waren mit Vorbereitungen zum Wettrennen beschäftigt.

Weit zum Schlage ausholend, traf Dora den Ball in der Mitte, so daß er dicht am Boden hinsauste und gerade auf das Loch zuflog! Grants Ball landete eine Strecke weiter nach rechts in einer Vertiefung des Bodens.

»Genug für heute,« sagte Dora, »wir haben jetzt wichtigere Dinge vor. Sie hatten ganz recht, Herr Grant; bei jenem Rennen war wirklich Betrug im Spiele, und auch diesmal wird es mit unrechten Dingen zugehen, wenn wir uns nicht ins Mittel legen.«

»Ich war fest davon überzeugt. Aber wie ist der Streich ausgeführt worden?«

»Das kann ich Ihnen nicht sagen.«

»Das heißt, Sie wollen nicht.«

»Nun ja, wenn Sie das lieber hören.«

»Jedenfalls darf das Rennen nicht zu stande kommen.«

»Im Gegenteil, es muß ruhig seinen Verlauf nehmen. Sagten Sie mir nicht, daß der Jockei seine Verhaltungsregeln von Ihnen erhält?«

»Ja, gewiß.«

»Und wollen Sie sich meinen Anweisungen fügen?«

»Sehr wohl. Sie brauchen nur zu befehlen.«

»›Griffin‹ muß sich beim Lauf zurückhalten und den: ›Jumping Frog‹ bis zur geraden Bahn die Führung überlassen.«

»Unmöglich!« war Grants kurze Antwort.

»Weshalb? Haben Sie kein Vertrauen zu mir?«

»Darum handelt es sich nicht, sondern um etwas ganz andres; mein Wort darauf, Fräulein Myrl. Der Jockei könnte es beim besten Willen nicht, und er würde es nicht tun, wenn er auch könnte. ›Griffin‹ führt stets das Rennen und läuft wie eine Lokomotive vom Start bis zum Ziel. Läßt man ihm den Willen, so ist er sanft wie ein Lamm; aber daß ihm ein andres Pferd vorauskommt, kann er einfach nicht ertragen. Es würde ihm das Herz brechen.«

»Und doch muß es geschehen, wenn er Sieger bleiben soll. Um Ihres Freundes willen ist es unbedingt nötig, verstehen Sie mich, Herr Grant.«

Doras Stimme hatte einen zornigen Klang.

»Den Grund wollen Sie mir also nicht sagen?«

»Nein. Wie kann ich wissen, ob Sie nicht irgend eine Torheit begehen würden? Doch dürfen Sie sich darauf verlassen, daß ›Griffin‹ das Rennen gewinnt, wenn Sie meinem Rat folgen. Sie haben doch versprochen, mir Ihr Vertrauen zu schenken,« fügte sie in milderem Ton hinzu.

Grant widerstrebte nicht länger. »Das will ich auch – hier meine Hand darauf. Was wird aber der Jockei sagen?«

»Ist er sehr geschwollen?«

»Durchaus nicht; nur ein braver Stallknecht, die Ehrlichkeit selbst und ganz vernarrt in ›Griffin‹. Reiten kann er wie der Teufel. Aber wir werden ihn nicht dazu bringen, sein Pferd absichtlich zurückzuhalten, wenn er nicht weiß, weshalb.«

»Könnten wir nicht gleich jetzt zu ihm gehen?«

»Das wäre wohl am besten. Vermutlich finden wir ihn im Stall. Er ißt, trinkt, raucht und schläft in ›Griffins‹ Box und schwatzt dabei unaufhörlich mit dem Tier.«

Vor der Stalltür angekommen, hörten sie drinnen jemand sprechen, und als Grant auf die Klinke drückte, sagte eine schrille Stimme: »Wir zwei wollen dem ›Jumping Frog‹ schon zeigen, wo er her ist, nicht wahr, mein Alterchen, das wollen wir.«

Als die Türe aufging, sprang der Jockei so rasch in die Höhe, daß der umgekehrte Stalleimer, auf dem er saß, polternd hinstürzte. Doch fuhr seine Hand nach der Mütze, sobald er die Eintretenden erkannte.

Schlank, zähe und dürr wie eine Latte stand er vor ihnen, der rothaarige Bursche mit den runden, wasserblauen Augen, deren Farbe so hell war, daß man kaum hätte sagen können, wo das Weiße aufhörte und das Blaue anfing.

»Ich bin gekommen, um dir andre Verhaltungsmaßregeln zu geben, Ned,« begann Grant ohne weiteres. »Du mußt dem ›Jumping Frog‹ die Führung lassen und ihn erst auf der geraden Bahn zum Ziel überholen –«

Der Jockei wurde purpurrot und seine wasserblauen Augen zwinkerten. »Ich soll mein Pferd zurückhalten? Hol mich der Henker, wenn ich's tue. Es ist ein verfluchter Schwindel!«

»Was soll das heißen, du unverschämter Kerl!« rief Grant, zornig seinen Golfstock schwingend.

Doch Dora hielt ihm den Arm fest. »Nur ruhig Blut,« flüsterte sie; »Ned ist ganz in seinem Recht, es gefällt mir von ihm.« Und zu dem Jockei gewandt, fuhr sie fort: »Höre mich an, Ned. Es ist kein Schwindel, vielmehr liegt uns alles daran, daß ›Griffin‹ Sieger bleibt.« Sie streichelte den Hals des schönen Braunen, der vor Vergnügen wieherte und seine Füße im Tanzschritt hob. »Ich habe selbst tausend Pfund auf ihn gewettet! Herrn Grants Einsatz wird fünftausend betragen, und wenn er meinem Rat folgt, läßt er auch fünfhundert für dich anschreiben. Kosten wird es ihn nichts, denn das Rennen ist so gut wie entschieden, wenn du nur tust, was dir gesagt wird.«

»Aber ich kann ja nicht, gnädiges Fräulein,« versetzte der Jockei in kläglichem Ton. »Der Gaul geht von Anfang an ab, wie aus der Pistole geschossen, da ist kein Halten.«

»Nun gut, so laß ihm zuerst seinen Willen. Aber nimm den zweiten Platz ein, sobald du kannst.«

Ned sah Doras zierliche Gestalt und ihr hübsches, aufgewecktes Gesicht mit bewundernden Blicken an.

»Ich will es tun, Fräulein, so wahr ich lebe, und sollte ich mir dabei die Arme ausrenken müssen.«

Am Morgen des Renntags herrschte in Wolverholt große Aufregung, denn jeder der fünfzig anwesenden Gäste hatte auf eins der Pferde gewettet und hohe Summen standen auf dem Spiel. Sogar ein königlicher Prinz war zugegen und hatte sich von Sir Werner bereden lassen, sein Geld auf »Jumping Frog« zu setzen. Schon eine Stunde vor Beginn des Rennens war die große Tribüne gedrängt voll. Dora hatte in einer Ecke Platz genommen, wo sie durch ihren scharfen Feldstecher die schwarze Hürde beobachten konnte, die ihr fast gegenüber lag, während Grant und Lord Wellmount, der noch am Vorabend des Rennens unerwartet zurückgekehrt war, ziemlich in der Mitte der Tribüne standen. Auf Doras Rat hatte Grant seinem Vetter nichts von ihrem Argwohn mitgeteilt.

Vorerst durchliefen die Pferde noch einmal in leichtem Galopp die Bahn. »Jumping Frog«, ein mächtig großer Fuchs mit schwarzen Flecken, strich weitausgreifend über den Boden dahin. »Griffin« war kleiner und von wohlgefälligerem, aber gedrungenerem Körperbau. Seine glänzende Haut hatte eine schöne kastanienbraune Farbe und er lief dahin, wie ein flüchtiges Reh.

Der Rennplatz war kreisförmig, die Bahn etwa zwei Meilen lang und der Start kaum fünfzig Meter vom Ziel entfernt.

»Los!«

Dora sah, wie »Griffin« mit Ned Caruther in Grün und Gold die Führung nahm. Zuerst kam Grün und Gold immer weiter vor Schwarz und Feuerrot voraus. Dann schloß sich das Feld allmählich wieder.

Lord Wellmount nahm sein Glas vom Auge. »Der verdammte Kerl hält das Pferd zurück,« stieß er zornig hervor. Doch Grant erwiderte kein Wort.

Jetzt zerrte Ned Caruther mit beiden Händen am Zügel und Sam Roper auf dem »Jumping Frog« mußte ihn schließlich einholen. Gleichzeitig sprangen die Renner über die erste Hürde, so daß ihre Mähnen sich leicht im Fluge berührten. Aber als sie drüben waren, stieß Caruther den »Griffin« zornig in die Flanke, und kaum hatte der edle Braune die Sporen gefühlt, als er in voller Pace dahinschoß. Die Distanz zwischen den beiden Pferden vergrößerte sich zusehends; sie durchliefen jetzt die Strecke, an deren Ende die große schwere Hürde stand; »Griffin« war um gute drei Längen voraus.

»Alle Wetter! Mein Pferd gewinnt doch, trotz seinem Reiter,« murmelte Wellmount vergnügt.

Dora war leichenblaß, ihr klapperten die Zähne, während der Hufschlag der flüchtigen Tiere immer näher kam und man die Farben der Jockeis leuchten sah.

Sie winkte dem vordersten Reiter in wahnsinniger Aufregung zu. Da faßte Ned plötzlich den rechten Zügel mit beiden Händen, riß den Kopf des Pferdes herum, daß es sich wie eine Gerte bog und die Hürde fast mit der Flanke berührte.

Im nächsten Moment nahm »Jumping Frog« das Hindernis. Er flog mit kräftigem Schwung empor, aber mitten in der Luft fuhr er schaudernd zusammen, wie ein vom Blei des Jägers getroffener Vogel und stürzte jenseits der Hürde kraftlos zu Boden. Als er sich wieder aufgerafft hatte, stand er mit bebenden Gliedern da und alle Bemühungen des Jockeis ihn vorwärts zu treiben, blieben fruchtlos.

Ned Caruther warf inzwischen den »Griffin« herum, nahm einen kurzen Anlauf, setzte über die hohe Hecke und galoppierte als glücklicher Sieger unter lärmenden Jubelrufen durchs Ziel.

Sir Werner geriet außer sich vor Wut, seine erkünstelte Gelassenheit war verschwunden, denn der Schlag traf ihn zentnerschwer.

»Ich bin schändlich betrogen,« schrie er, »es ist der niederträchtigste Schwindel. Die Wette bezahle ich nicht!«

»Was zum Henker wollen Sie damit sagen?« rief Lord Wellmount entrüstet. Da trat Dora Myrl entschlossen herzu.

»Lassen Sie mich ein paar Worte mit Ihnen reden, Sir Werner, ehe Sie sich noch mehr erhitzen.«

Er sah die klaren grauen Augen fest auf sich gerichtet. Es lag jetzt keine Spur des schelmischen Mutwillens darin, der ihm sonst so gut gefiel. Eine Ahnung beschlich ihn, daß er sich in diesem Mädchen gründlich getäuscht hatte, und er brauchte sich nicht erst lange zu fragen, wer ihm sein Spiel verdorben habe.

»Es ist Betrug und Hinterlist im Spiel gewesen, Sir Werner,« sagte Dora ruhig, als sie außer Hörweite der Versammlung waren, »aber nur von Ihrer Seite. Ihr Fluchen und Sträuben nutzt Ihnen nichts; ich kann Ihnen genau sagen, wie der Streich ausgeführt wurde. Herr Shore, Ihr guter Freund, hat im Jagdhäuschen eine elektrische Batterie aufgestellt und mit der Telegraphenleitung verbunden; eine mit Kupferschrot gefüllte Guttapercharöhre lief durch die dichten Zweige der Hecke bis zum äußersten Ende, wo sie in einer Glasflasche isoliert wurde. Das erste Pferd, das über die Hecke setzte, riß die Röhre durch, verstreute die Kupferkügelchen, stellte die Verbindung her und bekam einen starken elektrischen Schlag. Das Netz war sehr geschickt gestellt, Sir Werner, aber der falsche Vogel hat sich gefangen. Sie wollten die Taube schießen und trafen die Krähe. Machen Sie nur weiter keinen unnützen Lärm. Entweder müssen Sie bezahlen, oder alles eingestehen.«

Sir Werner zog es vor, die Wette zu bezahlen.

Ein Seidenknäuel.

»Aber, Mieze, wie hast du nur so etwas tun können!«

»Ich begreife es ja selbst nicht, Dora,« schluchzte das junge Mädchen und erhob ihr tränenüberströmtes Gesicht aus dem Sofakissen, worin es vergraben gewesen war. »Ich muß wohl ganz närrisch und toll gewesen sein.«

»Wenn ich versuchen soll, dir zu helfen, mußt du mir aber zuerst alles sagen.«

»Das will ich auch – es ist nämlich so gekommen: Ich hatte den ganzen Abend nur mit Sir Charles Phillimore getanzt und war entzückt von ihm. Du weißt, wie alle Mädchen ihm nachlaufen! aber er schien nur Augen für mich zu haben, und das schmeichelte mir über alle Maßen. Dabei sah ich, wie James immer in der Ecke stand und uns betrachtete. Ich hatte eine recht boshafte Freude daran, ihn eifersüchtig zu machen. Nun denke dir aber meinen Schrecken, als Sir Charles im Wintergarten auf einmal den Arm um mich schlang, mir einen Kuß gab und mich fragte, ob ich seine Frau werden wolle. Er schien ganz sicher zu sein, daß ich ja sagen würde, und ich war doch auf so etwas gar nicht gefaßt. Einen einzigen Augenblick kam ich wirklich in Versuchung – ich will dir nur meine ganze Schlechtigkeit gestehen – James mein Wort zu brechen und den Antrag anzunehmen. Dann sagte ich aber sehr steif und würdevoll: ›nein‹, und fragte ihn, wie er es wagen könne, sich solche Freiheiten herauszunehmen. Er lachte aber nur und meinte, er würde mich so lange bitten und mir keine Ruhe lassen, bis ich ja sagte. Da lief ich vor lauter Angst, daß er gleich damit anfangen könnte, weg und ging allein wieder in den Ballsaal. Nachher kam ich mir sehr brav und tugendhaft vor; doch war ich nicht in der besten Laune, als ich bald darauf im Wintergarten mit James zusammentraf. Er fing sofort an, mich zu schelten und das war mir unerträglich. Natürlich zahlte ich ihm alles mit gleicher Münze zurück und löste unsre Verlobung auf. Das hatten wir schon dreimal getan, uns aber immer wieder versöhnt, also hatte es nichts auf sich. Aber James war diesmal wirklich abscheulich. Er sagte, ich sei kokett durch und durch. ›Im Grunde machst du dir aus Sir Charles, dem alten Esel, ebensowenig wie aus mir,‹ brummte er. ›Nur zum Vergnügen treibst du dein Spiel mit ihm, und ob darüber ein Herz bricht, schert dich wenig.‹«

»Wessen Herz meinte er denn?« fragte Dora lächelnd.

»Sir Charles Phillimores Herz, natürlich.«

»Erzähle mir dein Märchen nur weiter, Mieze.«

»Wie grausam bist du, Dora! Für mich hängt Leben oder Tod davon ab, und du nennst es ein Märchen! – Ich war ganz unglücklich, als James das sagte; auf der ganzen Nachhausefahrt mußte ich immer an den armen Sir Charles denken, der sich aus Liebe zu mir vor Gram verzehrte. Noch in der Nacht schrieb ich an ihn, warf rasch einen Mantel um und schlich mich im Ballkleid hinaus – war das nicht schrecklich? – um den Brief an der Ecke in den Kasten zu werfen.«

»Aber was stand in dem Briefe, Mieze?«

»Genau weiß ich es selbst nicht mehr. Ich war ganz von Sinnen als ich ihn schrieb. Allerlei von Mitleid und Liebe und dergleichen Unsinn. Dreimal habe ich ihn ›teuerster Sir Charles‹ genannt und sogar jenen Kuß erwähnte ich, als hätte ich mich darüber gefreut – was doch gar nicht wahr ist. Auch schrieb ich, daß ich nie jemand geliebt hätte, noch lieben würde außer ihm, und dabei dachte ich die ganze Zeit an den armen James. Ich war wirklich wie verrückt, sage ich dir.«

»Allerdings scheint es bei dir im Oberstübchen nicht richtig gewesen zu sein,« sagte Dora kopfschüttelnd.

»Gleich am andern Morgen bereute ich es bitter,« rief Mieze in fliegender Eile. »Ich hätte vor Scham in die Erde sinken mögen, als mir beim Erwachen wieder einfiel, was ich geschrieben hatte. Rasch stand ich auf und schrieb noch einen Brief an Sir Charles, worin ich ihm sagte, daß in dem ersten kein Wort wahr sei, und ihn bat, mir mein Geschreibsel umgehend zurückzuschicken. Aber er antwortete, daß ihm der erste Brief besser gefiele, deshalb schicke er mir den zweiten zurück und werde sich bestreben, dessen Inhalt zu vergessen.

»Natürlich versöhnten wir uns wieder miteinander, James und ich. Er mußte mich um Verzeihung bitten und ich vergab ihm – eigentlich wußte ich nicht was. In einem Monat soll unsre Hochzeit sein. Aber der schreckliche Sir Charles weigert sich noch immer, meinen Brief herauszugeben, und droht mir die schlimmsten Dinge an.

»Ich habe ihn selbst in seiner Wohnung ausgesucht, obgleich ich eine Todesangst hatte, daß James es erfahren möchte. Ich wollte Sir Charles den Brief abschmeicheln: doch er tat, als sei ich nur gekommen, um ein kleines Mißverständnis aufzuklären, wie es zwischen Liebesleuten nicht selten ist, und war entsetzlich aufdringlich. ›Ihr herziges Briefchen gebe ich nicht heraus, es ist mein höchstes Kleinod auf Erden,‹ beteuerte er. ›Sie können nicht so grausam sein, es mir zu rauben.‹ In meiner Verzweiflung ging ich sogar so weit, ihm noch einen Kuß dafür zu bieten, aber auch das half nichts.

»Den Schatz behalte ich, bis zu Ihrem Hochzeitsmorgen‹, sagte er, ›denn noch bis zum letzten Augenblick werde ich es für unmöglich halten, daß Sie mir die Treue brechen.‹

»Wollen Sie mir Ihr Ehrenwort geben, daß Sie mir den Brief vor der Trauung zurückerstatten?‹ fragte ich hocherfreut.

»Ihnen nicht, wohl aber Ihrem Gemahl,‹ entgegnete er mit Nachdruck, ›das verspreche ich heilig und teuer.‹ Und an dem harten Ausdruck seiner Mienen sah ich, daß es ihm ernst war.

»O Dora, es ist zu entsetzlich! Du glaubst gar nicht, wie eifersüchtig James ist. Wenn ich auch schwören wollte, ich hätte den Brief nicht geschrieben oder es wäre ein Scherz gewesen, so würde er mir's doch nicht glauben. Und wenn er den abscheulichen Wisch je zu sehen bekommt, wird er mich nie wieder lieb haben.«

Abermals brach sie in herzzerreißendes Weinen aus. Trotz ihrer einundzwanzig Jahre war sie eben noch das reine Kind, verwöhnt, eigenwillig, hübsch und liebenswürdig. Es tat Dora aufrichtig leid, sie so ganz außer sich vor Angst und Kummer zu sehen. Doch konnte sie ihr nur sanft das Haar streicheln, um sie zu beruhigen, denn des Mädchens Gesicht war wieder ganz in den Kissen vergraben.

»Sei doch keine Törin, Mieze; trockne deine Tränen und sage mir, was ich für dich tun soll.«

»Könntest du ihm nicht den Brief abbetteln?« flehte sie unter beständigem Schluchzen. »Er hat eine so gute Meinung von dir; du seiest das begabteste und gescheiteste Mädchen, das ihm je vorgekommen ist, sagt er.«

»Das tut mir leid; mit Bitten und Schmeicheln wird sich nichts ausrichten lassen, und wenn er weniger von mir hielte, würde die Sache bedeutend leichter sein. Doch will ich mein Möglichstes tun, wenn du mir versprichst, in den nächsten zwei Wochen keine Träne mehr zu vergießen.«

Auf diese Bedingung ging das leichtherzige kleine Frauenzimmer mit Freuden ein. Schon nach fünf Minuten plauderte sie lustig von ihren Hochzeitsgeschenken, als ob der verhängnisvolle Brief bereits den Flammen überliefert wäre. –

»Es schmerzt mich mehr, als ich sagen kann, daß ich Ihnen etwas abschlagen muß, Fräulein Myrl,« sagte Sir Charles Phillimore, als Dora ihn Tags darauf besuchte.

»Warum wollen Sie sich denn den unsagbaren Schmerz nicht ersparen, Sir Charles?«

»Unmöglich, meine Verehrteste. Sie ahnen ja nicht, welcher Schatz das süße, liebevolle Briefchen für mich ist. Solange ich noch die geringste Hoffnung habe, gebe ich es nicht her.«

»Aber glauben Sie mir doch – es ist gar keine Aussicht für Sie vorhanden. Meine kleine Freundin liebt Herrn Trevor und in einem Monat soll die Hochzeit sein.«

»Verlobt ist noch nicht verheiratet. Verlobungen sind schon öfters zurückgegangen.«

»Aber Sie haben ihr gedroht, Sie wollten nach der Trauung –«

»Es war nur ein Versprechen, Fräulein Myrl, keine Drohung. Meine Ehre würde es mir verbieten, den Brief noch zu behalten, wenn die junge Dame verheiratet ist. Ich habe ihr daher feierlich gelobt, daß ich am Hochzeitstage den Brief ihrem Gatten zurückgeben will, und ich halte mein Wort, verlassen Sie sich darauf.«

Sir Charles sagte das mit so würdiger Haltung, als ob er wirklich der größte Ehrenmann von der Welt wäre. Es lag etwas Hoheitsvolles in seinem Wesen, das zu seinem stattlichen Wuchs und den einnehmenden Gesichtszügen vortrefflich paßte. Noch in mittleren Jahren, reich, klug, freigebig und der allgemeine Liebling der Damenwelt, hätte er unter den gefeiertsten Schönheiten nur zu wählen brauchen. Aber das hübsche, wilde, lustige und unschuldige Backfischlein gefiel ihm besser als alle andern Mädchen, und so machte er denn einen verzweifelten Versuch, den Vorteil auszunutzen, den Mieze ihm durch ihren unbesonnenen Brief eingeräumt hatte. Gegen Dora war er die Höflichkeit selber. Er verstand es trefflich, jene altmodische Ritterlichkeit nachzuahmen, die bei ihren Huldigungen auch zärtlichere Gefühle durchblicken läßt. Daß er aber trotzdem unerbittlich bleiben würde, konnte sich Dora nicht verhehlen.

»Widerstrebt es denn nicht Ihrem Ehrgefühl, Sir Charles?« fragte sie in Verzweiflung.

»Für meine Ehre brauche ich keinen Hüter; dies Amt versehe ich ganz allein.«

»Ich fürchte, Sie betrachten es als einen Ruheposten.«

Dora erschrak ordentlich über ihre Kühnheit, doch Sir Charles schüttelte nur ernst den Kopf. »Hätte ein Feind von mir das gesagt, so weiß ich nicht, was ich täte, aber aus Ihrem Munde –« Er legte eine ganze Welt von Zärtlichkeit in diese Worte.

Da beschloß Dora, den unwiderstehlichen Damenhelden mit seinen eigenen Waffen zu schlagen.

»So tun Sie es doch mir zuliebe, Sir Charles,« flüsterte sie mit sanftem Erröten.

»Mein bestes Fräulein Myrl,« versetzte er in scherzhaftem Ton, »gerade um Ihretwillen muß ich auf meiner Weigerung beharren. Sie sind ja berühmt wegen Ihrer Kunst, Geheimnisse zu erforschen und Rätsel zu lösen. Da wäre es ein Verbrechen, wenn ich mich kampflos ergeben und Sie Ihres Triumphs berauben wollte.«

»Also versprechen Sie, mir freies Spiel zu lassen.«

»Gewiß! ich will Ihnen sogar jeden Vorschub leisten und gleich damit beginnen, Ihnen zu verraten, daß der Brief hier im Zimmer ist und bleiben wird.«

Er sah sich bei diesen Worten in dem großen, mit schönen kostbaren Möbeln ausgestatteten Raum um. Überall standen und lagen hunderterlei feine Nippsachen, Bücher, Photographieen, Statuen und Vasen auf zahlreichen Tischen und Schränkchen. Der Fußboden war mit einem dicken samtartigen Teppich bedeckt und schwere Brokatvorhänge, unter denen weiße Gardinen von echten Spitzen hervorsahen, verhüllten die Fenster. In einem solchen Zimmer den Brief zu entdecken, war keine leichte Aufgabe; weit eher hätte man eine Nadel in einem Bündel Heu finden können.

»Bitte, verraten Sie mir noch mehr, Sir Charles!«

»Bei Ihrer Geschicklichkeit würde ich das für eine Beleidigung halten, Fräulein Myrl.«

»Aber ich darf kommen wann ich will, um danach zu suchen?«

»Je öfter Sie kommen, und je länger Sie bleiben – fast hätte ich ›Dora‹ gesagt – umsomehr werden Sie einen Ihrer glühendsten Bewunderer beglücken.«

Sie hätte ihm am liebsten eine Ohrfeige gegeben für den Blick, mit dem er diese Worte begleitete. Statt dessen erwiderte sie nur mit berückendem Lächeln: »So habe ich denn eine doppelte Veranlassung zu kommen: finde ich den Brief nicht, so werde ich *Sie* doch hier finden. Morgen beginnt das Spiel. Ich fürchte nur Sir Charles, Sie werden meiner überdrüssig sein, bevor es zu Ende ist.«

»Das wäre ganz unmöglich,« sagte er, die Hand aufs Herz legend, und öffnete ihr mit einer tiefen Verbeugung die Tür.

Am nächsten Morgen kleidete sich Dora mit besonderer Sorgfalt an; sie wußte, Sir Charles würde dies bemerken und daraus schließen, daß ihr daran liege, ihm zu gefallen.

Als Waffe zu Schutz und Trutz nahm sie nichts mit als einen feinen Seidenfaden von etwa sechs Meter Länge, dessen Farbe so wenig als möglich von dem Grundton des kostbaren Bodenteppichs abstach. Den Faden wand sie zu einem losen Knäuel zusammen, den sie im Handschuh verbarg.

Dora hatte ihren Morgenbesuch so einzurichten gewußt, daß sie etwa fünf Minuten lang im Wohnzimmer allein blieb. Rasch knüpfte sie den Faden an einen Fuß des Sofas, auf dem sie saß, und als Sir Charles eilig eintrat, um sie zu begrüßen, und sich tausendmal wegen der Verzögerung entschuldigte, ließ sie das kleine Knäuel geschickt in die offene Tasche seines Samtjacketts gleiten.

»Sieg, Sieg, Sir Charles!« rief sie mit triumphierender Miene, ihm die Hand reichend. Er sah sie in maßloser Bestürzung an und vergaß ganz, ihr zärtlich die Hand zu drücken, wie er beabsichtigt hatte.

»Sie können damit doch unmöglich sagen wollen –«

»Ich will kein Wort weiter sagen.«

Fast hätte Sir Charles unwillkürlich nach der Stelle hingeblickt, wo der Brief versteckt war; doch besann er sich noch rechtzeitig und lachte hell auf.

»Sie wollen mich auf den Leim locken, Fräulein Myrl, gestehen Sie es nur. Beinahe hätten Sie mich gefangen. Es war ein schlauer Kunstgriff.«

»Lachen Sie nur, Sir Charles, ich lache mit. Und nun leben Sie wohl, ich muß schnell fort. Doch wollte ich Sie zuvor begrüßen, um Ihnen zu danken, daß Sie mir Gelegenheit gegeben, meinen Zweck zu erreichen.«

Die Siegesgewißheit, mit der sie sprach, beunruhigte ihn sichtlich; er ließ sie ohne weitere Einwendung gehen. Dora hatte dicht bei der Tür gesessen, und in seiner Hast vergaß Sir Charles sogar, ihr eine Verbeugung zu machen, als sie sich empfahl. Auf der Treppe hörte sie ihn rasch den Schlüssel umdrehen, was sie sehr belustigte. Sie wartete eine kleine Weile und ging dann wieder zurück, um ihr Visitenkartentäschchen zu holen, das sie auf dem Sofa vergessen hatte.

Sobald sie klopfte, öffnete er ihr mit strahlendem Gesicht.

»Ich habe Sie wohl erschreckt,« sagte Dora; »Sie glaubten gewiß, ich sei schon weit fort.«

»Jawohl, zu meinem größten Kummer.«

»Nun, da Sie mich so freundlich behandeln, will ich mich doch erst noch einmal hier umsehen.«

Der feine Seidenfaden, der auf dem weichen Teppich lag, war selbst für Doras scharfes Auge kaum erkennbar. Erst zog er sich von dem Sofa bis zur Tür, dann ging er in gerader Linie mitten durchs Zimmer nach einem Tisch hin, der am gegenüberliegenden Fenster etwas abgesondert von den übrigen Möbeln stand. Von dort aus hatte der Faden wieder eine andre Richtung genommen, als Sir Charles nach der Tür zurück ging, um Dora einzulassen. Auf halbem Wege dahin lag das Ende des Knäuels, das aus der Tasche herausgezogen worden war, auf dem Teppich.

Dora wußte so genau, als hätte sie es mit eigenen Augen gesehen, daß Sir Charles, sobald die Tür verschlossen war, sich zuerst überzeugen würde, ob der Brief noch an Ort und Stelle sei. Der Faden, der sich beim Gehen aus seiner Tasche abwickelte und auf den Teppich fiel, bezeichnete die Richtung, die er genommen hatte. Auf oder bei dem Tisch, von dem aus sich der Faden wieder nach der Tür zurückwandte, mußte der Brief versteckt sein, das unterlag keinem Zweifel.

Nachdem sich Dora die Stelle an dem Blumenmuster des Teppichs gemerkt hatte, ließ sie es sich nun vor allem angelegen sein, Sir Charles zu erobern.

Das war leicht geschehen. Es gelang ihr ohne viele Mühe, ihm einzureden, daß Eifersucht im Spiele wäre und ihre Besorgnis wegen des Briefes nur ein Vorwand gewesen sei. Das Gespräch zwischen ihnen war meist persönlicher Art und wurde zuweilen zärtlich; doch kam es zu keiner Liebeserklärung. Aus Doras Augen sprach aber ein gewisses Etwas, das seiner Eitelkeit schmeichelte und ihn hoffen ließ, er werde Erhörung finden.

»Nicht wahr, Sie trinken erst eine Tasse Tee mit mir, ehe Sie mich verlassen? Das können Sie mir einsamen Junggesellen sicher nicht abschlagen!«

»Ich will es tun, unter einer Bedingung.«

»Fordern Sie, was Sie wollen, außer – –«

»Nein, daran denke ich gar nicht. Meinetwegen behalten Sie den dummen Brief nur. Meine Bedingung ist, daß Sie mich morgen besuchen und bei mir Tee trinken. Wir werden ganz allein sein, ich verspreche es Ihnen.«

»Eine größere Freude könnten Sie mir ja gar nicht machen.«

»Also ich darf Sie erwarten – pünktlich um vier Uhr, nicht wahr?«

»Ich komme unter allen Umständen.«

Nun machte ihm Dora Tee auf einer silbernen Spirituslampe. Auch der Teekasten und die Kanne waren aus Silber und die Tassen vom feinsten alten Meißener Porzellan; man hätte einen ganzen Laden voll von unsrer heutigen minderwertigen Ware dafür kaufen können. Dora war liebenswürdiger als je und gegen das Ende des Besuchs stand Sir Charles völlig unter ihrem Zauberbann.

Als sie fort war, steckte er sich zur Beruhigung eine Zigarette vom feinsten türkischen Tabak an, und in behaglicher Stimmung überdachte er seine etwas flatterhaften Liebesgefühle.

»Sie ist hübscher als die andre und hundertmal gescheiter; auch brauche ich ihr nur mit dem Finger zu winken. Aber die kleine wilde Hummel, die einen bald küßt, bald schlägt, wie es ihr gerade einfällt, hat sich doch gar zu fest in mein Herz eingenistet. Mit Dora schön zu tun, ist ein angenehmer Zeitvertreib, weiter nichts. Es wird ihr ja wohl auch nicht allzu nahe gehen, wenn unser Spiel aus ist. Mir macht es wirklich Spaß, mit einem so klugen und offenherzigen Mädchen zu plaudern, und Dora ist ein gar zu hübscher Name. Daß sie behauptet, Geheimpolizistin zu sein, ist zum totlachen – so ein kleines, unerfahrenes Ding!« –

Sir Charles steckte sich noch eine Zigarette an und schmunzelte von Zeit zu Zeit wohlgefällig, während er sie langsam rauchte.

Um halb vier Uhr – gerade fünf Minuten nachdem Sir Charles ausgegangen war, um sich auf Doras Einladung in ihre Wohnung zu begeben, fuhr Dora selbst bei seinem Hause in Park Lane vor.

Sie bedauerte unendlich, Sir Charles nicht daheim zu finden, da ihre Verabredung aber auf vier Uhr lautete, wollte sie warten.

Im Wohnzimmer lag und stand alles wie am Tag zuvor; selbst der Seidenfaden war noch da, doch hatte ihn der Diener mit dem Besen in ein wirres Knäuel zusammengefegt.

Dora schritt geradeswegs nach dem bewußten Tisch hin, wo sie den Brief zu finden hoffte. Er war groß und ganz beladen mit Büchern, Photographieen und allerlei Kunstgegenständen, so daß ihr Unternehmen, obgleich im Raum beschränkt, doch recht zeitraubend werden konnte. »Wo soll ich nur beginnen?« fragte sie sich in nicht geringer Verlegenheit.

Da kam ihr plötzlich ein erleuchtender Gedanke.

»Wie dumm von mir,« rief sie laut, »natürlich hat er ihn dort versteckt, das sieht ihm ganz ähnlich!«

Unter den mancherlei Gegenständen auf dem Tisch befand sich auch eine eingerahmte Photographie, welche Sir Charles Phillimore in einem Phantasiekostüm als Don Juan darstellte.

Schon im nächsten Augenblick hatten Doras geschickte Finger den Rahmen entfernt und untersucht. Als sie den Brief, nach dem sie forschte, wirklich dahinter versteckt fand, stieß sie einen Freudenschrei aus.

Aber ach – von der Tür her ertönte als Antwort der Zuruf eines Mannes, der sie völlig überraschte.

Dora hatte alles wohlweislich geplant und ihre Dienerin daheim angewiesen, wenn Sir Charles zum Tee käme, ihn eine halbe Stunde warten zu lassen. Doch

> Zwischen Lipp und Kelchesrand
> Schwebt der finstern Mächte Hand

und selbst die klügste Frau kann einen unglücklichen Zufall nicht abwenden.

Sir Charles war auf der Straße einem Freunde begegnet, dem er im strengsten Vertrauen mitgeteilt hatte, wohin ihn sein Weg führe. Der aber lachte ihn aus und sagte ihm, er habe Fräulein Myrl erst vor wenigen Minuten vorbeifahren sehen.

Sogleich kehrte Sir Charles voll Ärger und Bestürzung nach Hause zurück, öffnete die Tür mit seinem Drücker und erschien gerade auf der Schwelle des Wohnzimmers, als Dora triumphierend die aus dem Rahmen genommene Photographie in einer Hand hielt und den entdeckten Brief in der andern.

Rasch warf sie das Bild auf den Tisch und verbarg den zerknitterten Brief in ihrer tiefen Tasche. Dann wandte sie sich nach dem Eintretenden um.

Sir Charles verschloß die Tür, steckte den Schlüssel ein und begrüßte sie mit verhaltener Schadenfreude. Da er sich einbildete, daß nicht der Zufall, sondern sein eigener Scharfsinn ihm den Sieg über die schlaue Geheimpolizistin verschafft habe, war er in bester Laune und die Höflichkeit selbst.

»So haben wir uns denn beide verfehlt und doch gefunden,« sagte er. »Das nenne ich Glück!«

»Ich habe das Spiel gewonnen, Sir Charles, und der Preis gehört mir. Ein Ehrenmann wie Sie kann nicht zögern, sich als besiegt zu bekennen und zu zahlen.«

»Entschuldigen Sie, Fräulein Myrl, aber ich steche Ihre Dame mit meinem Trumpf, der Trick ist mein.«

Dora errötete bei dem Ton, den er anschlug.

»Sie wollen doch nicht etwa behaupten –« begann sie.

»Mir fällt da eben der alte Kinderreim ein:

> ›Mucki war ein Welscher, Mucki war ein Dieb,
> Mucki stahl die Wurst mir, das war mir nicht lieb.
> Stracks ging ich zu Mucki, fand ihn nicht zu Haus,
> Mucki führt derweilen mir mein Markbein aus.‹

Ich muß mir mein Markbein von Ihnen zurückerbitten.«

»Ist das redlich gehandelt?«

»Im Krieg und in der Liebe ist alles erlaubt, Fräulein Myrl, und ich weiß wahrhaftig noch nicht, ob es zwischen uns Krieg oder Liebe gilt.«

»So wollen Sie mir den Brief wohl gar mit Gewalt wegnehmen?« Dora hatte ihren ganzen Gleichmut zurückgewonnen und sie lächelte so liebreizend, daß er auf den geckenhaften Gedanken kam, sie würde das nicht ungern sehen.

»Mit sanftem Zwang und zärtlicher Gewalt,« erwiderte er.

»Wenn ich aber laut um Hilfe rufe.«

»Etwas so Törichtes und Vergebliches würden Sie schwerlich tun.«

»Kann sein; doch weigere ich mich ganz entschieden, den Brief wieder herauszugeben, den ich mir redlich erkämpft habe.«

»Ich lasse Ihnen noch eine Minute Bedenkzeit, Fräulein Myrl, und werde langsam bis sechzig zählen. Eins, zwei, drei, vier, fünf…«

Dora nahm aus dem silbernen Büchschen, das sie an ihrer Gürtelkette trug, eine ziemlich große Wachsstreichkerze und zündete sie an.

»Wenn sie den Brief verbrennen will, muß sie ihn aus der Tasche ziehen,« sagte sich Sir Charles mit heimlichem Frohlocken, »dann soll er mir nicht entgehen. – Sie ist doch lange nicht so klug, als ich dachte. – Siebenundvierzig, achtundvierzig, neunundvierzig, fünfzig.«

Dora hielt die brennende Kerze nach unten. Das Wachs schmolz und loderte empor, während sie einen Schritt nach dem Fenster hin tat.

»Achtundfünfzig, neunundfünfzig, sechzig!« Da flog auch schon die flammende Kerze in die leichten Spitzengardinen, daß sie Feuer fingen und hell aufflackerten.

Sir Charles sprang herzu, die Flammen zu löschen, und im nächsten Augenblick hatte Dora den Brief in Stücke zerrissen, die sie mitten in die Glut schleuderte, von der sie im Nu verzehrt waren.

Dann machte sie sich rasch und besonnen ans Werk, Sir Charles zu helfen. »Fassen Sie die seidenen Vorhänge an,« rief sie, »wir müssen die Gardinenstange herunterreißen.« Krachend fiel die Stange zu Boden und es gelang den beiden bald, das leichte Flackerfeuer zu löschen, das weder die Seide, noch das Holzwerk ergriffen hatte.

Es machte sich sehr komisch, als sie einander durch den Rauch hindurch einen Moment lang ansahen. Dann verbeugte sich Sir Charles Phillimore mit großer Höflichkeit. »Ich bin unterlegen, Fräulein Myrl,« sagte er, »Sie haben mit Glanz gesiegt.«

Auf der Lokomotive.

Es war ein Triumph ohnegleichen. »Wundervoll, ganz wundervoll!« flüsterten die Zuschauer, die das Theater bis zum letzten Platze füllten. »So herrlich wie heute abend, hat sie noch nie gespielt.«

Jedesmal wenn Ophelia auf der Bühne erschien, wurde sie mit einem brausenden Beifallssturm empfangen, auf den eine lautlose Stille folgte, sobald sie zu sprechen begann. Ihr Spiel war meisterhaft, man glaubte sich ganz in die Wirklichkeit versetzt. So lebensvoll wie Hamlets Geliebte aus Kopf und Herzen des größten Dichters entsprungen war, trat sie vor die begeisterte Zuhörerschaft. Die reizende, echt mädchenhafte Ophelia aus den ersten Szenen, deren beglückende, warme Liebe die weltklugen Ratschläge von Vater und Bruder nicht zu ertöten vermochten, verwandelte sich vor aller Augen in die von Hamlet verlassene Ophelia, der ihr Unglück das Herz bricht. Der hoffnungslose Gram in ihrer Stimme schnitt Dora Myrl tief in die Seele, so daß sie das Gesicht in den Händen verbarg, und Tränen ihr über die Wangen liefen, während Ophelia die Worte sprach

> »Und ich, der Frau'n elendeste und ärmste,
> Die seiner Schwüre Honig sog, ich sehe
> Die edle, hochgebietende Vernunft
> Mißtönend wie verstimmte Glocken jetzt;
> Dies hohe Bild, die Züge blüh'nder Jugend,
> Durch Schwärmerei zerrüttet: weh mir, weh!
> Daß ich sah, was ich sah, und sehe, was ich sehe.«

In den Wahnsinnsszenen war Ophelia rührend zum Erbarmen und sie erregte ein unaussprechlich schmerzliches Mitgefühl: wie auf einem stillen Wasser Licht und Schatten wechseln, so schien es in ihrem verstörten Geiste bald hell, bald dunkel zu werden, während sie die abgerissenen wirren Strophen sang. Aber bei allen Wandlungen ihrer Stimmung sah man den Schmerz, der ihr den Verstand geraubt hatte, immer hindurchblicken.

Dora war so furchtbar ergriffen, daß sie es nicht länger ertragen konnte. Um die Illusion zu zerstören, verließ sie ihre Loge, während das Theater nach Ophelias letzter Szene noch von donnerndem Beifall widerhallte, und begab sich nach dem Eingang zum Bühnenraum, wo sie wohl bekannt war. Daß ihre Freundin Nina Lovell unter keinen Umständen dem Hervorruf Folge leisten würde, mit dem das Publikum Ophelia aus dem Grabe oder den Geist von Hamlets Vater aus den schweflichten, qualvollen Flammen wieder vor die Lampe zu bringen liebt, wußte Dora genau, und so konnte sie fest darauf rechnen, Fräulein Lovell in ihrem Ankleidezimmer zu finden. Sie folgte einem Diener, der ihre Karte trug, durch dunkle, gewundene Gange hinter die Bühne, wo die Statisten in verschiedenen Gruppen standen. Als sie um die Ecke bog, schrak sie plötzlich zusammen. Sie hatte in einem Spiegel, der etwas schräg an der Seitenkulisse hing, ein Gesicht erblickt, das einen wahrhaft teuflischen Ausdruck trug. Es lag eine so erbarmungslose Grausamkeit in den halbgeschlossenen Augen und dem höhnischen Munde, daß es Dora kalt überlief. Gleich darauf kam ihr in dem schmalen Gang der hübsche, gutmütige Dick Dulcimer entgegen, einer der lustigsten und sorglosesten Menschen in ganz London und allgemein beliebt.

»War Nina nicht herrlich, Fräulein Myrl?« rief er begeistert aus. »Mein Vetter Tom ist ein Glückspilz, das muß ich sagen. Ich bemühe mich aber auch nach Kräften, ihn auszustechen.« Er sah in dem Augenblick so hübsch und fröhlich aus, daß ihm wohl kaum ein Mädchenherz widerstanden hätte. »Heute habe ich mich schon sehr angestrengt,« fuhr er heiter fort, »doch einstweilen hat es nichts genützt. Sobald ich anfing von meinen Gefühlen zu reden, wies sie mir die Tür. Aber bei mir heißt's! treu bis in den Tod! und was sonst dergleichen schöne Sprüche sind. Sie liebt Tom zwar mehr als Ophelia ihren Hamlet geliebt hat, aber wo Leben ist, da ist auch Hoffnung. Ich verzweifle noch nicht, obgleich sie mir zum siebzehnten Male einen Korb gegeben hat. ›Leben Sie wohl, Herr Dulcimer,‹ sagte sie. ›*Au revoir*, Nina,‹ erwiderte ich.

Sie mußte unwillkürlich lachen, als ich das Zimmer verließ, und ich bin gewiß, wir sehen uns wieder.« Und ein lustiges Lied trällernd, verschwand er in der Finsternis.

Im Ankleidezimmer fand Dora ihre Freundin noch in dem Kostüm der Ophelia mit Blumenranken im aufgelösten Haar und auf dem Gewande.

»Willkommen, liebe Dora! Nimm Platz und trinke eine Tasse Tee mit mir!« rief Nina vergnügt. »Ich war gerade recht ärgerlich, und bin jetzt froh, daß du da bist.« Dora wurde es ganz seltsam zu Mute bei dieser Anrede der wahnsinnigen Ophelia, die ihr noch soeben Mark und Bein erschüttert hatte.

»Eine Tasse Tee wird mir sehr wohltun, nach allem, was ich heute abend um dich ausgestanden habe.«

»Wirklich – war es gut? Hat dir mein Spiel gefallen?« fragte sie mit der unschuldigen Freude eines Kindes.

»Es war unbeschreiblich, Nina, herzzerreißend. Du hast dich selbst übertroffen.«

»Das freut mich. Da draußen wissen sie noch nicht, daß es mein letztes Auftreten war,« sagte sie, während das Beifallklatschen im Theater gedämpft zu ihnen herüberschallte; »ich habe von der Bühne Abschied genommen.«

»Wie schade!«

»Du wirst es nicht mehr bedauern, wenn du erst alles weißt.«

»Und warst du deshalb ärgerlich?«

»Bewahre; ich bin froh darüber. Geärgert habe ich mich auch eigentlich nicht, wenigstens war mein Verdruß rasch wieder verflogen. Der überlästige Dick Dulcimer ist schuld daran; er fällt mir ordentlich auf die Nerven – ich weiß nie, soll ich böse auf ihn sein, oder ihn auslachen. Aber davon wollte ich jetzt eigentlich nicht reden. Höre mir zu, Dora – doch erschrick nicht zu sehr: in vierzehn Tagen mache ich Hochzeit!«

»Ah!« war alles, was Dora herausbrachte. »Tom?« fügte sie nach einer Weile fragend hinzu.

»Natürlich! Wer denn sonst?«

»Ich wünsche dir von ganzem Herzen Glück und ihm nicht minder!« rief Dora, der Freundin um den Hals fallend.

»Du glaubst nicht, wie glücklich ich bin. – Hier nimm deine Tasse. Ist der Tee süß genug? Noch etwas Rahm Nun laß dir erzählen, wie das alles gekommen ist: Toms Vater hat nämlich – – Horch! Da draußen werde ich eben begraben, weißt du. Ich liege auf der Bahre und das Publikum möchte am liebsten, ich stünde auf und verbeugte mich, bevor man mich ins Grab legt. Wo war ich doch eben?«

»Nicht auf der Bahre zum Glück!«

»Wie leichtsinnig du bist! – Du weißt doch, daß ich Tom gesagt habe, ich würde ihn ohne die Einwilligung seines Vaters niemals heiraten. Ich hatte es auch schon ganz aufgegeben und ihm untersagt, mich zu besuchen. Doch daß er sich ein Billet an der Kasse löste wie die andern Leute, um mich im Theater zu sehen, konnte ich ihm natürlich nicht verbieten.«

»O Nina!«

»Er saß immer in derselben Loge. Eines Abends war aber ein schöner, alter Herr bei ihm, der fast ebensosehr klatschte wie Tom. Mir wurde eine Karte ins Ankleidezimmer gebracht und mein Herz stand still vor Überraschung, als ich den Namen von Toms Vater: Graf Mordor, darauf las. Du glaubst nicht, wie liebenswürdig er war, Dora! Nachher sagte ich zu Tom, er könne froh sein, daß ich nicht seinen Vater zuerst kennen gelernt hätte. Er – der alte Graf, nicht Tom – behandelte mich mit der ritterlichsten Höflichkeit. Wäre ich eine Herzogin gewesen, er hätte mir nicht größere Ehrerbietung zeigen können. ›Ich komme als Abgesandter meines Sohnes,‹ begann er. ›Tom sagt, ich sei schuld daran, daß Sie so grausam gegen ihn gewesen sind. Wollen Sie nun auch um meinetwillen gütig gegen ihn sein, Fräulein Lovell?‹

»›Sie haben also Ihre Einwilligung gegeben?‹ stammelte ich so befangen wie ein kleiner Backfisch.

»Ich billige seine Wahl von ganzem Herzen. Sie werden mir verzeihen, wenn ich Ihnen offen sage, daß ich zuerst etwas ängstlich war, ob es sich nicht nur um eine törichte, knabenhafte Leidenschaft handle. Aber nun ich Sie gesehen und gehört habe, sollen Sie mir eine liebe Tochter sein.‹

»Ehe ich noch wußte, was ich tat, war ich ihm schon um den Hals gefallen, und als ich aufblickte, stand Tom vergnügt lachend auf der Schwelle und rief: ›So, jetzt ist die Reihe an mir!‹

»Damit war die Sache abgetan. Zwei Tage später machte ich die Bekanntschaft von Toms Bruder William, der in Rugby auf der Schule ist und von seiner Schwester Viktoria, die eben in die Welt eingeführt werden soll. Wir zwei sind schon ein Herz und eine Seele. ›Ich wollte, Nina, du trätest mir dein Talent ab, wenn du der Bühne den Rücken kehrst,‹ sagte Vikky neulich, ›könnte ich spielen wie du, ich gäbe es nicht auf, und wenn mir fünfzig Toms ihre Liebe dafür böten.‹

»Nächste Woche kommen sie alle von Hazeldean zur Stadt und acht Tage darauf wird Hochzeit gehalten. O Dora, du glaubst nicht, wie glücklich ich bin!«

Zum Beweis dafür brach sie in Tränen aus.

Daß Dora mit Glückwünschen und Trostworten bei der Hand war, versteht sich von selbst. Die ganze Zeit über ging ihr jedoch halb unbewußt der Gedanke an Dick Dulcimer im Kopf herum, von dem Nina gesagt hatte, er falle ihr auf die Nerven. Eine Zeitlang sprachen sie nur von der Aussteuer.

»Was wird aber aus Dick Dulcimer?« rief Dora plötzlich ohne jeden Anlaß und sah die Freundin mit scharfen Augen an.

»Rede nicht mehr von ihm, er ist mir widerwärtig! Nein, das ist natürlich Unsinn – als Toms Vetter und besten Freund habe ich nichts gegen ihn. Man kann ja auch einem so liebenswürdigen und heiteren Gesellschafter nicht eigentlich gram sein. Aber doch –«

Ninas klarer Blick umwölkte sich und es lag eine gewisse Unruhe im Ton ihrer Stimme.

»Was denn? Sage es mir,« drängte Dora.

»Ich habe kein rechtes Vertrauen zu ihm. Er macht mir den Hof und ich glaube, er liebt mich, doch schlägt er dabei immer einen so scherzhaften Ton an, daß man ihm nicht zu zürnen vermag. Einmal war ich töricht genug, mich bei Toni zu beklagen, aber der lachte nur und sagte: Ich weiß das alles aus Dicks eigenem Munde. Er hat mir selbst angekündigt, daß er mich bei dir ausstechen will. Als wir hernach bei einer Flasche Wein zusammensaßen, gab er mir seine Tips für das Derby-Rennen. Meinen Gewinn am Totalisator habe ich dir in Diamanten gebracht; die hast du dem Vetter zu verdanken.‹ Als ich dann Dick wiedersah, lachte er auch. ›Sie haben es also Tom erzählt, Nina,‹ sagte er: ›Der Ärmste glaubt, ich mache nur Spaß und ist so blind wie eine Eule im Sonnenlicht. Aber, ich versichere Sie, es ist mir so bitterer Ernst wie nur irgend etwas in dieser wunderlichen Welt.‹

»Heute war Dick zuerst ganz anders und sprach so hübsch über Tom, daß er mir besser gefiel als je zuvor. Da erzählte ich ihm, wir würden bald Hochzeit machen, und auf einmal verschwand der lustige Ausdruck aus seinem Gesicht, wie wenn jemand die Maske abfällt. Aber er wurde gleich wieder vergnügt und lachte so lustig, daß ich mitlachen mußte. ›Sie wollen also Gräfin Mordor werden? Das ist auch ganz in der Ordnung. Beantworten Sie mir nur noch eine Frage, Nina. Hätten Sie mir wohl Ihre Gunst geschenkt, wenn Tom nicht gewesen wäre? – Nein, sagen Sie kein Wort, Ihr Erröten genügt mir.‹ Dabei sah er mich mit solchem Verlangen an, als hätte er mich am liebsten ans Herz gedrückt und geküßt. Da wurde ich böse und befahl ihm, auf der Stelle mein Zimmer zu verlassen.

»Er nahm das sehr kühl auf. ›Gut, ich werde schon zurückkommen. Wenn Liebende sich trennen, so folgt das Wiedersehen!‹

»›Nicht immer!‹ rief ich, kaum wissend, was ich sagte.

»›Nein, nicht immer, Nina, da haben Sie ganz recht,‹ entgegnete er in seltsamem Ton und summte ein Liedchen beim Fortgehen.«

Dora hatte mit fest geschlossenen Lippen und gerunzelter Stirn zugehört; ihre Augen glänzten.

»Mach doch kein so ernsthaftes Gesicht,« rief Nina ungeduldig: ich erzähle dir doch alle meine törichten Grillen nur, damit du mich auslachen sollst.«

»Wirklich alle?« fragte Dora.

Nina zuckte zusammen. »Mein Glück hat mich ängstlich gemacht,« gestand sie zögernd. »Ich habe eine Art Vorgefühl, das mich verfolgt wie ein böser Traum. Es sind neuerdings so viele Unfälle in Toms Familie vorgekommen – er nennt es eine förmliche Epidemie. Noch ist es kein Jahr her, daß sein ältester Bruder Henry sich auf der Fasanenjagd erschossen hat. Dick Dulcimer, der damals bei ihm war, wurde fast wahnsinnig von dein Schreck. Seitdem geriet Tom zweimal in Lebensgefahr, mit dem Boot und zu Pferde. Wie er sagt, verdankt er Dick Dulcimer bei beiden Gelegenheiten seine Rettung, aber ganz klar ist mir die Geschichte nie geworden. William, der jüngste Sohn, wäre um ein Haar durch eine verwechselte Arznei vergiftet worden und Viktorias Ballkleid fing Feuer, doch kam sie zum Glück unverletzt davon. Schließlich wurde Lord Mordor selbst vor etwa einem Monat von einem tollen Hunde angefallen, der in den Park geraten war, kein Mensch wußte wie. Das Tier lief zähnefletschend auf den Lord zu und hatte ihn fast erreicht, als der Wildhüter es erschoß. Das alles hat aber natürlich nichts mit Dick Dulcimer zu tun.«

»Bewahre,« meinte Dora. »Aber, was ist denn Herr Dulcimer eigentlich?«

»Ein sehr hübscher, angenehmer Mann,« sagte Nina lachend. Es hatte ihr sichtlich Erleichterung verschafft, ihre Sorgen der Freundin anzuvertrauen.

»Das weiß ich; aber hat er keinen Beruf?«

»Doch, irgend ein Geschäft in der City. Auch sagt Tom, daß er sich trefflich auf Börsengeschäfte verstehe, was ich nie geglaubt hätte.«

»So? – Und wo wohnt er?«

»Seine Adresse ist! Waltham Terrace West, die Nummer habe ich vergessen.«

»O, die werde ich schon ohne viele Mühe ausfindig machen.«

Nina sah sie mit schelmischem Augenzwinkern an. »Wie komisch du redest, Dora! Hast du etwa ein Auge des Wohlgefallens auf den lustigen Dick Dulcimer geworfen? Du siehst so ernsthaft aus. Ich fürchte, es ist ein sehr schlimmer Fall.«

»Ja,« sagte Dora leise, »das fürchte ich auch.« Und sie stimmte in Ninas heiteres Lachen ein.

Am nächsten Morgen trieb sich ein sogenannter Bezirksbote in Waltham Terrace herum, der zwar die übliche Uniform dieser Dienstmänner trug, aber doch nie regelrecht im Korps aufgenommen worden war. Als Dick Dulcimer aus seiner Wohnung trat und nach einer Droschke rief, ging der Bote so dicht an ihm vorbei, daß er nicht umhin konnte, die Adresse in der City zu verstehen, die Dick dem Kutscher angab. Den ganzen Tag über sah man denselben Bezirksboten nun in der Nähe von Dulcimers Bureau ab und zu gehen, ohne daß er sich besonders bemerkbar machte; er hatte ein einfältiges Gesicht und verzog keine Miene, aber unter seinen gesenkten Lidern schauten Dora Myrls scharfe Augen heraus, denen nichts entgehen konnte.

Gegen drei Uhr erntete sie den Lohn für ihre Wachsamkeit. Ein großer, breitschultriger Mann kam rasch die Straße herunter und trat ohne Zögern in Dulcimers Bureau ein, als gelte es eine Verabredung.

Dora bekam sein dunkles Gesicht mit den stark ausgeprägten Zügen, dem vorstehenden Kinn und der Habichtnase nur einen Augenblick zu sehen, aber mehr bedurfte sie nicht. Der Mann hatte früher einen Vollbart getragen und war jetzt glatt rasiert, doch wußte sie auf der Stelle, daß es Filox Cranshaw war, einer der verschlagensten und gefährlichsten Verbrecher Londons. Sie hatte früher einmal aus Anlaß eines Dynamitfrevels seine Spur verfolgt. Ein Juwelierladen war bei Nacht gesprengt und geplündert worden, nachdem man den wachthabenden Polizisten umgebracht hatte. Damals war Dora von Cranshaws Schuld überzeugt, doch konnten nicht genügende Beweise beigebracht werden. Daß Dulcimer mit einem solchen Menschen in Verkehr stand, bestärkte Dora noch in ihrem Argwohn, daß er Böses im Schilde führe. Die beiden waren jetzt schon eine Stunde beisammen im Bureau und Dora verging fast vor Ungeduld.

Endlich schritt sie eilig auf die Tür zu, mit einer Botschaft für Herrn Dulcimer, wie sie sagte, die sie ihm eigenhändig übergeben müsse. Der Schreiber brachte jedoch den Bescheid zurück, daß sein Herr nicht gestört sein wolle. Dora hatte sich inzwischen ihren Plan überlegt; auf ihre Bitte klopfte der Schreiber noch einmal, worauf Dulcimer den Kopf herausstreckte und rief, er solle sich zum Teufel scheren. Aber durch die halb offene Tür sah Dora auf dem Tisch, an dem die beiden Männer gesessen hatten, eine große Eisenbahnkarte und ein Kursbuch liegen. Das war alles.

Nun galt es nur noch wachsam zu sein und zu warten. Eine halbe Stunde später kamen die Männer zusammen heraus und gingen durch eine Hintergasse nach einer ziemlich entlegenen Telegraphenstation.

»Dies ist ein stiller Ort,« sagte Cranshaw. »Am Mittwoch nachmittag, sobald Ihr Auftrag erfüllt ist, werde ich meinen Drahtbericht hierher schicken.«

»Warten Sie noch einen Moment,« versetzte Dulcimer; »da wir einmal hier sind, will ich zugleich ein kleines Geschäft abmachen, um unsre Kosten herauszubekommen.« Damit nahm er ein Formular vom Tisch und schrieb:

»Makler Burdock, Throgmortonstraße.

Verkaufen Sie für meine Rechnung fünftausend Londoner Südostbahn.

Richard Dulcimer.«

Dabei sah ihm ein Bezirksbote, der offenbar auf eine Depesche wartete, über die Schulter und las das Telegramm.

Das alles geschah am Montag. Tags darauf begab sich Dick Dulcimer in der rosigsten Laune mit einem duftenden Veilchensträußchen im Knopfloch und eine Opernmelodie vor sich hin summend nach seinem Bureau. Den ganzen Dienstag über stand Dora auf der Lauer, wie eine Katze vor dem Mauseloch, doch konnte sie nichts erspähen. Am Mittwoch erkundigte sich Dulcimer Nachmittags im Telegraphenbureau, ob keine Depesche für ihn da sei. Um sechs Uhr kam er wieder und diesmal händigte ihm der Beamte einen roten Umschlag ein, den Dulcimer sofort aufriß. Er las das Telegram unter der Gaslampe im Bureau und studierte daran herum, wie wenn es undeutlich geschrieben wäre. Als er es entziffert hatte, erhellten sich seine Züge; dann zerknitterte er den Zettel samt dem Umschlag, steckte beides in die Tasche und trat rasch auf die Straße. Hier änderte er jedoch seine Absicht, nahm das zusammengeballte Papier heraus und riß es in Stücke, die er auf den Boden streute. Dann verschwand er rasch um die Ecke, ohne sich noch einmal umzuwenden.

Es war windstill, und auf dem schmutzigen Pflaster blieben die Papierfetzen da liegen, wohin sie gefallen waren. Zufällig war in der stillen Straße gerade niemand zugegen – außer einem Bezirksboten in Uniform. Dieser junge Mensch benahm sich höchst sonderbar. Kaum hatte Dulcimer den Rücken gewendet, so kniete er in den Schmutz der Straße nieder und sammelte die Papierschnitzel sorgfältig in sein Taschentuch; einige Stückchen fischte er sogar aus dem Rinnstein auf. Dann lief er die Straße in andrer als der von Dulcimer eingeschlagenen Richtung hinunter, sprang in eine Droschke, gab dem Kutscher Dora Myrls Adresse an und versprach ihm die doppelte Taxe, wenn er rasch führe.

Es gelang Dora ohne Mühe, auf einem Bogen Schreibpapier mit flüssigem Leim und einem seinen Pinsel das zerrissene Telegramm wieder zusammenzufügen. Was sie las, war folgendes:

BVGUSBH. CFTPSHU. CBMLFO. AXKTDIFO.
FEEKTDPNCF. VOE. FWFSIBN. NKU. LMBNNFSO.
CFGFTUKHU. MBVU. CFTUKNNUFS. OBCDISKDIU.
XKSE. NPSEPS. NKU. GBNKMKF. BVG. EFN.
OBCDIUAVH. BCSFKTFO. VOE. FMG. VIS.
WKFSAKH. BO. PSU. VOE. TUFMMF. TFKO.
HSBUVMKFSF. EFN. IFSSO. HSBGFO.

Natürlich war das eine Geheimschrift; es fragte sich nur, ob sich der Schlüssel dazu entdecken ließ. Dora hatte sich viel mit den verschiedensten Chiffreschriften beschäftigt und es gab nur wenige, die sie nicht zu enträtseln vermochte, wenn sie sich Zeit nahm. Aber jetzt hatte sie starken Verdacht, daß Eile not tat! Leben oder Tod konnte von einigen Minuten abhängen. Vielleicht hatte man sich hier nur der einfachsten Form bedient, die in einer Verwechslung der Buchstaben besteht, um die Telegraphenbeamten nicht einzuweihen. Jedenfalls lohnte es sich, den Versuch zu machen, da die Probe so leicht war.

Daß bei jedem etwas längeren Schreiben der Buchstabe e am häufigsten wiederkehrt, ist eine alte Erfahrung. Ein Blick auf das Telegramm zeigte ihr, daß F sich am meisten wiederholte. Es war also anzunehmen, daß in der Geheimschrift F für e gebraucht war. Sie versuchte nun ihr Glück mit den einsilbigen Wörtern. EFN kam zweimal vor, es konnte *der*, *den* oder *dem* bedeuten: dann stand VOE sicherlich für und. Dora begann wegen der leichtern Übersicht eine Liste zusammenzustellen:

    F = e
    E = d
    V = u
    O = n

Hurra! Der Schlüssel war schon gefunden! Sie schalt sich blind, daß es ihr nicht gleich klar geworden war. Für jeden Buchstaben stand immer der nächste im Alphabet. B für a, C für b, D für e und so fort bis ans Ende.

Nachdem sie dies entdeckt hatte, war es ein Kinderspiel, das schändliche Telegramm zu entziffern. Es lautete:

> »Auftrag besorgt. Balken zwischen Eddiscombe und Everham mit Klammern befestigt. Laut bestimmter Nachricht wird Mordor mit Familie auf dem Nachtzug abreisen und elf Uhr vierzig an Ort und Stelle sein. Gratuliere dem Herrn Grafen.«

Über die Bedeutung dieser Worte war Dora keinen Augenblick im Dunkeln. Sie wußte, daß Graf Mordor mit Sohn und Tochter auf der Südostbahn nach London kommen wollte. Nicht nur ihnen, sondern sämtlichen Passagieren im Zuge wollten die Schurken mit teuflischer List den Untergang bereiten.

Sofort spannte Dora alle ihre geistigen Fähigkeiten an, um den schändlichen Plan zu vereiteln. Während ihrer raschen halbstündigen Fahrt nach der Station der Südostbahn fand sie Zeit zu genauer Überlegung.

»Ich kann es nicht tun, Fräulein Myrl,« sagte der Inspektor. »Es ist noch nie geschehen und läßt sich wirklich nicht machen. Wenigstens müßte ich erst die Erlaubnis des Betriebsdirektors einholen, und der ist –«

»Die Leute würden es doch auf Ihren Befehl hin tun.«

»Das glaube ich wohl, aber –«

»Es darf kein aber geben – bedenken Sie doch, was auf dem Spiel steht, Herr Merton! Haben Sie denn schon nach Everham telegraphiert?«

In dem Augenblick trat der Laufbursche mit der Antwort ein, die sehr kurz gefaßt war: »Depesche geht nicht durch. Drähte zerschnitten.«

»Wußte ich's doch! Ich hab' mir's gedacht!« rief Dora in leidenschaftlicher Erregung. »Während wir hier müßig stehen, fährt ein ganzer Zug mit unsern Nebenmenschen rettungslos ins Verderben. Ich habe Ihnen ein Mittel angegeben, dies abzuwenden. Jede Minute ist kostbar und Sie wissen nichts Besseres zu tun, als mir die Regeln und Gepflogenheiten Ihrer Eisenbahngesellschaft auseinanderzusetzen. Leben Sie wohl! Ich will mich direkt an die Leute wenden. Es ist meine letzte Hoffnung.«

Länger widerstand der Inspektor nicht. Er war ein sehr gesetzter junger Mann, der seine Ruhe nicht verlor und mit keiner Wimper zuckte; doch stach die fahle Blässe seines Gesichts gegen den schwarzen Backenbart merklich ab. »Vorschrift hin, Vorschrift her,« sagte er. »Ich tue Ihnen den Willen.«

Und er rief rasch ein paar Worte in zwei Sprachrohre, deren mehrere neben dem Kamin angebracht waren.

»Ich habe Befehl gegeben, unsre beste Lokomotive, den ›Pionier‹, in Bereitschaft zu setzen, und habe zwei von den Leuten, einen Heizer und einen Lokomotivführer, die – Nur herein!«

Zwei Männer traten ins Zimmer; der eine groß mit blauen Augen und frischem, rosigem Gesicht, das er offenbar eben tüchtig abgewaschen hatte. Sein Gefährte, klein von Wuchs und über und über mit fettigem Ruß bedeckt, hatte vorstehende Backenknochen, die wie zwei glänzend schwarze Wülste aussahen. Ein paar scharfe graue Augen und seine großen weißen Zähne leuchteten in dem schwarzen Gesicht. Doch der Mann war ganz unbefangen und nickte dem Inspektor fast herablassend zu.

»Ich will Euch, O’Brien, und Euch, Mc Clintock, ein gefährliches Stück Arbeit übertragen.«

»Wir sind bereit, Herr Inspektor,« sagte der Große.

»Die Dame hier bringt die Nachricht, daß der Schnellzug zwischen Everham und Eddiscombe zum Entgleisen gebracht werden soll. Um den Anschlag zunichte zu machen, schicke ich den ›Pionier‹ auf demselben Schienenstrang dem Zug entgegen, damit er noch rechtzeitig gewarnt und zum Stehen gebracht werden kann. Ihr, O’Brien, sollt fahren und Mc Clintock die Heizung besorgen. Wollt ihr’s tun?«

»Na freilich!« rief der Irländer, fast entrüstet über die Frage. »Wie werd’ ich denn die Menschen umkommen lassen, wo man sie retten kann!«

»Und Ihr, Mc Clintock?«

»Ich sag’ nicht ja und sag’ nicht nein. Der ›Pionier‹ braucht fünf Minuten und mehr, bis er abdampfen kann. Da will ich mir die Sache noch mal überlegen. Es wird ja wohl ’ne Belohnung setzen, wenn’s Glück günstig ist, nicht wahr, Herr Merton?«

»Wird der Zug gerettet, so kann ich euch beiden wohl hundert Pfund versprechen.«

»Für jeden?« fragte Mc Clintock.

»Jawohl.«

»Oder unsern Witwen im Fall –«

»Ja, oder euern Witwen.«

»Nichts für ungut – aber würden Sie uns das wohl schriftlich geben?«

Der Inspektor riß ein Blatt aus einem Notizbuch und warf hastig ein paar Worte auf das Papier, worauf Mc Clintock den Zettel sorgfältig in seine vor Schmutz starrende Jacke steckte.

»Da haben Sie sich mal übereilt, Herr Inspektor,« sagte er. »Ich hätte die Fahrt ja unter allen Umständen machen müssen, und wenn kein Heller dabei für mich abfiele. Durch Ihre Fixigkeit verliert die Gesellschaft volle zweihundert Pfund, das is nu mal so! Horch, da kommt der ›Pionier‹, dem seine Pfeife kenne ich.«

Merton und O’Brien stießen die Tür des direkt auf den Bahnsteig führenden Dienstzimmers auf und liefen hinaus. Dora wollte ihnen nacheilen, aber Mc Clintock legte seine rußige Hand auf den Ärmel ihres grauen Kleides. (Sie bewahrt das Kleid noch heutigen Tages auf, wegen der fünf Schmutzflecken auf dem Ärmel.)

»Eile mit Weile, Jüngferchen,« sagte er. »Fünf Minuten dauert’s noch, bis der volle Dampf angelassen ist.«

Dora sah rasch auf ihre Uhr. Sie begriff gar nicht, wie so viel Zeit vergangen sein konnte. Es war schon dreiviertel auf Elf.

»Wie weit ist es bis nach Everham?« fragte sie Mc Clintock, ohne ihren schnellen Schritt zu hemmen.

»Fünfzig Meilen wird’s wohl sein.«

»Nicht wahr, es ist näher als Eddiscombe?«

»Jawohl, an die sieben Meilen.«

Dora stöhnte laut. Um elf Uhr vierzig sollte der Zug die verhängnisvolle Stelle erreichen, und sie waren noch über fünfzig Meilen weit und warteten auf eine Lokomotive.

Doch jetzt wurde auch keine Zeit mehr verloren.

Der »Pionier« trug bereits sein großes strahlend rotes Licht und im Feuerraum glühten die Kohlen. Mc Clintock sprang sofort auf die Lokomotive, um sein Heizeramt zu versehen. Dora, Merton und O'Brien warteten in brennender Ungeduld.

Jetzt prasselten und knisterten die Flammen in dem glühenden Ofen, die große Lokomotive begann zu fauchen und zu beben, während der Dampf im Kessel nach oben stieg. Mc Clintock ließ die Dampfpfeife spielen und O'Brien nahm seinen Platz ein.

»Leben Sie wohl,« sagten Dora und Merton wie aus einem Munde, indem sie beide miteinander den Fuß auf den Tritt des Tenders setzten.

»Wollen Sie denn auch mit?« fragte jedes das andre gleichzeitig, doch es bedurfte keines Wortes weiter. Sie wechselten nur einen Blick, dann half Merton mit ernster Miene Dora beim Einsteigen und folgte ihr auf den Tender. Der »Pionier« dampfte zum Bahnhof hinaus; schneller und schneller ging die Fahrt. Dora trat dicht zu O'Brien hin, der die Hand nicht vom Hebel ließ.

»Es ist jetzt zehn Minuten vor elf Uhr,« sagte sie. »Wir müssen in fünfundvierzig Minuten fünfzig Meilen zurücklegen.«

»Nur keine Furcht, Fräulein. Wir bringen's schon fertig,« erwiderte O'Brien zuversichtlich. Dann drückte er auf den Hebel und die Maschine schoß in noch rasenderem Lauf dahin.

Durch die weitläufigen Vorstädte ging es, wo an beiden Seiten die erleuchteten Fenster der Häuserreihen in Windeseile an ihnen vorüberflogen. Dann jagten sie aus der Stadt hinaus, einem Wirbelsturm entgegen, der ihnen heulend und pfeifend um die Ohren blies. Als Dora einen Augenblick hinter ihrer eisernen Schutzwehr hervorlugte, schossen ihr Tränen in die Augen und der schreckliche Orkan versetzte ihr den Atem.

Mc Clintock hantierte indessen fort und fort mit seinen nackten rußigen Armen im Feuerraum, wobei ihm der schwarze Schweiß über das Gesicht strömte. Sobald die rußigen Kohlenblöcke in die Glut kamen, begannen sie zu knistern, Flammen schlugen heraus und sie färbten sich feurig rot.

Der Dampf entströmte dem Schornstein und fuhr zischend durch die Sicherheitsventile. Weiter und weiter raste die Maschine auf ihrer Bahn. Durch die Stille der Nacht erklang das eintönige Rasseln und Klappern ihrer Räder, Kurbeln und Kolben. »Vorwärts, vorwärts! Der Tod kommt dir zuvor!« dröhnte es Dora immerzu in den Ohren. Steile Strecken hinab fuhren sie, ohne zu bremsen, und scharfe Kurven nahmen sie so tollkühn, daß die äußeren Räder sich frei über die Schienen erhoben. Zweimal ließ die Dampfpfeife ihren schrillen Ton vernehmen, als sie an langen Eisenbahnzügen vorübersausten, die stillzustehen schienen. Bei dem flüchtigen Lichtschein sah Dora einen Moment die bleichen Gesichter und starren Augen an den Fenstern. Donnernd durchfuhren sie in unverminderter Geschwindigkeit die Stationen. Die Laternen, die hellen Wartezimmer, die erschreckten Menschen auf den Bahnsteigen, die im Schein des roten Lichts wie mit Blut übergossen aussahen – das alles waren Bilder, die einen Augenblick, als wären sie vom Blitz erhellt, vor ihnen auftauchten, um gleich darauf wieder im Dunkel zu verschwinden. Eine Meile nach der andern ließen die fliegenden Räder hinter sich, und jetzt kam die verhängnisvolle Station in Sicht.

»Everham!« rief der Lokomotivführer, als sie mit plötzlich verminderter Schnelligkeit in den Bahnhof einfuhren.

»Wir haben's in vierundvierzig Minuten gemacht,« sagte er, auf seine Uhr blickend. »Was nun, Fräulein?« Er hatte noch die rechte Hand am Hebel und wandte sich instinktmäßig an Dora um weitere Verhaltungsregeln.

Als sie den Namen der Station hörte, überlief es sie kalt bei dem Gedanken an die grauenhafte Gefahr. Bisher war sie ganz von dem brennenden Verlangen beherrscht gewesen, noch rechtzeitig anzukommen. Nun sie da waren, schnürte ihr das Entsetzen die Brust zusammen.

Irgendwo zwischen den Stationen Eddiscombe und Everham war die tödliche Falle gelegt. Fuhren sie von hier aus weiter, so konnten sie in jedem Moment krachend gegen das Hindernis anprallen.

Die Bahn wand sich jetzt in verschiedenen Kurven durch ein Tal, so daß sie kaum hundert Schritt weit sehen oder gesehen werden konnten.

»Was kommt nachher?« fragte Dora, sich dicht zum Ohr des Führers beugend. Sie deutete in die Ferne und er verstand, was sie wollte.

»Eine Meile geht's noch weiter in Windungen wie hier und dann immer bergunter.«

»So fahrt rasch durch die Kurven, wir müssen es wagen!« rief sie.

Ohne Zögern drückte O'Brien mit starker Hand auf den Hebel, und wie ein wildes Roß, dem man die Sporen gibt, stürmte die Lokomotive dahin auf der gefährlichen Bahn. Es war eine qualvolle Minute, die sich zu einer Stunde auszudehnen schien. Der verhaltene Atem wollte Dora schier die Brust zersprengen; ihre Nerven erbebten vor entsetzlicher Spannung. Schon in der nächsten Sekunde konnte der furchtbare Krach erfolgen. Plötzlich verlangsamte sich die Bewegung, die Bremsen wurden angezogen, und die Lokomotive blieb fauchend und schnaubend wie angewurzelt stehen. Vor ihnen senkte sich die Bahn den langgestreckten Hügel hinab ins Tal; man konnte die Schienen bei der sternklaren Nacht noch in weiter Ferne glänzen sehen.

»Mehr können wir nicht tun, Fräulein,« sagte O'Brien. »Vom Zug aus sieht man unser rotes Licht gute drei Meilen weit. Kommt er erst mal sicher um die Kurve dort unten herum, so ist er gerettet.«

Der Mann hatte recht, das lag auf der Hand; weiter fahren durften sie nicht. Stieß ihnen jetzt ein Unglück zu, so konnten sie kein Warnungszeichen geben und das Verderben des Zugs war besiegelt. So warteten sie denn in Todesangst. Das rote Licht flammte und glühte und die Dampfpfeife kreischte wild in die Nacht hinaus.

Zum Glück dauerte die Qual nicht lange.

Kaum fünf Minuten später entdeckte Doras scharfes Auge einen roten Punkt, der sich unten im Tal fortbewegte. O'Brien erspähte ihn fast im nämlichen Augenblick.

»Der Schnellzug!« stieß er keuchend hervor. »So weit ist er ohne Unfall gelangt! Mach den Hahn auf, Jim!« – Und die Dampfpfeife kreischte wie zehntausend Teufel.

Der rote Punkt schwankte und stand still; dann vernahm man den schrillen Ton einer Dampfpfeife, die von fernher Antwort gab.

O'Brien brach in einen Jubelruf aus, der wie Schluchzen klang.

»Gerettet!« rief er. »Der Zug fährt keinen Schritt weiter, bis wir in aller Gemächlichkeit zu ihm hinkriechen.« Und wirklich bewegte sich die Lokomotive jetzt nur noch im Schneckentempo weiter.

Bei dem plötzlichen Rückschlag nach ihrer großen Angst schoß Dora der Gedanke durch den Kopf: »Am Ende ist alles nur ein grausamer Scherz gewesen!« Aber noch ehe sie das ausdenken konnte, erfolgte ein furchtbarer Stoß, der ihr Mark und Bein erschütterte.

O'Brien, der sofort an der Seite hinunterkletterte, entdeckte, daß die Lokomotive mit den Vorderrädern vor einem großen Balken stand, der mit eisernen Klammern auf den Schienen befestigt war. Die Bahn lief an der Stelle neben einem steilen Abhang hin. Der Sturz in eine Tiefe von mindestens sechzig Fuß wäre sicherer Untergang gewesen.

Vor der Lokomotive kniete der große Irländer am Boden und zerrte an dem Balken.

»Fluch und Verderben über die schwarzen Seelen, die den Teufelsplan ausgeheckt haben!« sprach er so feierlich, als wäre es ein Gebet – und unwillkürlich sagten drei Stimmen auf der Lokomotive: »Amen!« – –

Zwei Tage später erschien in den Abendzeitungen folgende Notiz, mit der in die Augen springenden Überschrift:

»Unerklärliches Verbrechen.

Als Herr Richard Dulcimer sich heute nachmittag nach seinem Bureau in der City begab, wurde er plötzlich von einem anständig gekleideten Mann angehalten, der schrie: ›Du verfluchter, feigherziger Halunke! Alles hast du verraten und mir die Polizei auf den Hals gehetzt. Doch ich will dir's heimzahlen!‹ Die Straße war voller Menschen, aber ehe sich noch eine Hand erheben konnte, hatte der Mann schon den Revolver gezogen und sein unglückliches Opfer mitten durchs Herz geschossen. Dann setzte er den Lauf an seinen Mund und feuerte abermals. Die Kugel zerschmetterte ihm die Hirnschale, und rings spritzte sein Blut und Gehirn aufs Pflaster.

Es war offenbar die Tat eines Wahnsinnigen, für die man vergeblich eine Erklärung sucht. Der Getötete, ein Neffe des Grafen Mordor, mit dem er im besten Einvernehmen stand, war wegen seiner heiteren Gemütsart und großen Herzensgüte allgemein beliebt.«

Des Großonkels Vermächtnis

Kein Wunder, daß Maggie Norris bei der plötzlichen Wendung, die ihr Schicksal nahm, zuerst wie betäubt und verwirrt war. Eben noch eine verwöhnte und verzärtelte Erbin, die einzige Tochter eines angesehenen Millionärs, und gleich darauf eine arme Waise ohne einen Pfennig Vermögen! Die große Finanzkrisis hatte ihr sowohl den Reichtum als auch den Vater geraubt. Zur Ehre des Toten muß jedoch gesagt werden, daß sein Unglück unverschuldet war. Er ließ seine Tochter zwar in Armut zurück, aber nicht in Schande.

Es gibt Naturen, die das Mißgeschick nicht zu Boden schmettert, sondern kräftigt und stählt. Maggie Norris kam es gar nicht in den Sinn, müßig mit den Händen im Schoß zu sitzen und ihr Unglück zu beklagen. Dies zarte, hübsche, braunäugige Mädchen hatte wahrhaft männlichen Mut: wie tief auch ihr Kummer war, sie versank nicht in dumpfes Hinbrüten, sondern ging sobald als möglich ans Werk, sich ihren Lebensunterhalt und ein eigenes Heim zu schaffen. Eine Gabe, die sie bis jetzt kaum beachtet hatte, verhalf ihr dazu. Zum Gelderwerb braucht man ein Talent, das nicht alltäglich ist. Zwar zeichnete und malte Maggie sehr hübsch, doch das konnten auch zahllose andere; im Schneiden von Schattenrissen tat es ihr aber niemand gleich. Eine scharfe Schere und einen Bogen dünnes schwarzes Papier, weiter brauchte sie nichts, um mit geschickter Hand die wunderbar deutlichen Umrisse eines Tiers, einer Landschaft oder das sprechend ähnliche Profil eines Menschen wiederzugeben. Die Art, wie sie dabei stets die charakteristische Stellung und den eigentümlichen Ausdruck traf, verlieh ihren Schattenbildern etwas wahrhaft Künstlerisches. Durch diese Erzeugnisse ihres Fleißes erwarb sie sich wenigstens die tägliche Nahrung, Kleidung und Unterkunft, wenn auch nur unter den bescheidensten Ansprüchen.

Viele ihrer früheren Freunde hätten ihr gern beigestanden, doch sie wies alle Hilfe zurück, und mit der Zeit hörte der Verkehr zwischen ihnen von selber auf. Nur drei Personen, welche die Erbin noch in ihren Tagen des Glanzes gekannt hatten, waren der armen Silhouettenschneiderin treu geblieben. Erstens ihr weitläufiger Vetter Friedrich Norris, ein ruhiger, hübscher, etwas zurückhaltender junger Mann, dem seine Freunde eine ehrenvolle Laufbahn voraussagten. Er hatte sich auf der Universität sehr ausgezeichnet, auch ein vorzügliches Doktorexamen gemacht, doch besaß er leider kein klingendes Vermögen. Von Zeit zu Zeit besuchte Doktor Norris seine Cousine in dem einfachen kleinen Wohnzimmer, das sie ihr Atelier nannte, um eine Tasse Tee bei ihr zu trinken. Dort traf er dann wohl auch mit der muntern jungen Schauspielerin Carrie Vivian zusammen, deren Namen bereits von verschiedenen Zeitungen rühmend erwähnt wurde.

Die dritte von Maggies Getreuen war Dora Myrl, die Geheimpolizistin.

»Ich komme wirklich vorwärts, Dora,« sagte sie und machte dabei mit der Schere fortwährend schnipp schnapp, so daß sich der Fußboden ihres Zimmerchens, das sie jetzt seit einem halben Jahr bewohnte, mit schwarzen Papierschnitzeln bedeckte. »Natürlich glückt es mir nicht so schnell wie dir. Du hast dir ja auf einen Wurf Ruhm und Reichtum erworben; die Geschichte von der Geige ist schon in aller Munde.«

»Der Fall war ja kinderleicht, Maggie. Ich weiß nicht, weshalb man so viel Wesens davon macht.« Dora zog ihre Handschuhe aus, warf sich in einen Rohrstuhl und sah bewundernd zu, wie die feinen Umrisse unter den flinken Fingern ihrer Freundin entstanden.

»Das hat man auch von Kolumbus gesagt, als er den Leuten zeigte, wie man ein Ei auf die Spitze stellt. – Sieh Dora, da bist du, wie du eins deiner Geheimnisse enträtselst.« Und sie schob ihr ein schwarzes Papier hin, das Doras Profil aufs wunderbarste wiedergab; aus jeder Linie erkannte man ihren klugen, aufgeweckten Sinn.

»Ist dir schon je etwas mißlungen, Dora?«

»Ein wirklich schweres Rätsel hat man mir noch nie aufgegeben.«

»Ich weiß nicht, was du schwer nennst. Mir wäre auch das leichteste schon zu verwickelt. Aber wie klug du auch bist, ich könnte dir eine Aufgabe stellen, über die selbst du dir den Kopf zerbrechen würdest.«

»Ich kann nur tun, was in meinen Kräften steht.«

»Nicht wahr, die Beweggründe helfen dir am meisten zur Entdeckung. Ich erinnere mich, einmal in einem Detektivroman gelesen zu haben: ›Vor allem suche nach dem Motiv‹.«

» ›*Cherchez la femme*‹ soll es eigentlich heißen.«

»Ja, um die Frau dreht sich die Sache häufig. Aber es ist doch richtig, daß man den Schlüssel des Rätsels am leichtesten findet, wenn man den Beweggrund kennt?«

»Jawohl,« bestätigte Dora.

»Nun, ich will dir eine Missetat nennen ohne jeden Beweggrund.«

»Unmöglich. Der fehlt niemals. Sogar ein Irrsinniger handelt in seiner Weise nicht ohne Motiv.«

»Sage das nicht mit solcher Gewißheit, bevor du meine Geschichte gehört hast. Für den Diebstahl, von dem ich dir berichten will, gibt es gar keinen denkbaren Grund.«

Maggie nahm aus einer verschlossenen Schublade ein Päckchen heraus. »Habe ich dir dies Bündel alter Briefe nicht schon früher gezeigt? – Nein! Nun dann höre: sie sind von meinem Großonkel an meine Großmutter vor beinahe fünfzig Jahren geschrieben. Onkel hatte sein Vermögen ebenso plötzlich verloren wie mein armer Vater und zugleich die Gesundheit eingebüßt. Seine jüngste Schwester, meine Großmutter, erfuhr, daß er ein gebrochener Mann sei, und schickte ihm alles Geld, das sie irgend entbehren konnte – sie war damals selbst nicht reich. Auch schrieb sie ihm liebevolle Briefe, um ihn zu trösten. Dies hier sind die Antworten, die nach dem Tode meiner Mutter in meinen Besitz übergegangen sind. Der letzte Brief, der bald nach meiner Mutter Geburt geschrieben ist, hat mich oft zu Tränen gerührt. Willst du ihn hören?«

Damit nahm sie einen vergilbten, abgegriffenen Brief aus dem Paket und las mit bewegter Stimme:

»Liebe Schwester!

Es gleicht ganz Deinem großen und guten Herzen, daß Du zu einer solchen Zeit an mich armen Schiffbrüchigen gedacht hast. Glaube mir, Dein Gatte selbst kann sich über die Geburt deines Töchterchens nicht mehr gefreut haben als ich. Gott segne Dich und das liebe kleine Ding und vergelte Dir alles, was Du an mir getan hast, denn ich vermag es nicht. Lange werde ich Dir nicht mehr zur Last fallen, Emilie. Trauere nicht um mich. Mein einziger Kummer ist, daß ich Dir meine Dankbarkeit nicht beweisen kann. Wenn wir aber in jener Welt noch Einfluß auf irdische Dinge haben sollten, so wird es meine höchste Freude sein, für das Glück Deiner Kinder und Kindeskinder zu sorgen.«

Während Maggie diese Worte las, fielen ihre Tränen reichlich auf das Blatt, das schon frühere Spuren solcher Rührung zeigte.

»Er starb noch an demselben Tag, an dem er diese Zeilen geschrieben,« sagte sie leise.

Eine Minute lang schwiegen beide; Maggie dachte nicht mehr an die Aufgabe, die sie der Freundin stellen wollte.

»Wo ist denn aber das Rätsel, das ich lösen soll?« fragte Dora endlich.

»Ach, das habe ich ganz vergessen. Nicht wahr, diese alten Briefe können doch für niemand in der Welt von Wert sein, außer für mich? Es wäre wahrhaftig schon töricht genug, die Briefe selber zu stehlen; aber wie soll man es sich erklären, wenn ein Dieb nur die alten zerrissenen Umschläge entwendet und die Briefe liegen läßt?«

»Woher weißt du denn, daß sie gestohlen worden sind?« fragte Dora, plötzlich ernsthaft werdend.

»Die Briefe lagen samt den Umschlägen in einer verschlossenen Schublade. Ich fand das Schloß verdreht und die Kuverts waren fort. Im allgemeinen bin ich etwas zu sorglos und lasse meine paar Schmucksachen oder auch kleines Geld häufig herumliegen, doch hat mir noch nie etwas gefehlt. Ist es nicht ein ganz sonderbarer Fall, Dora?«

»Sehr sonderbar, interessant und aufregend. Von wo aus hat denn dein Onkel geschrieben?«

»Von der Insel Mauritius.«

»Und wie sahen die Kuverts aus?«

»Sie waren noch zerrissener und unansehnlicher als die Briefe, aber vom selben Papier.«

»Du bist Künstlerin, Maggie. Könntest du mir wohl eine Zeichnung von einem der Briefumschläge machen?«

»Ich glaube wohl. Laß mich's mit Bleistift versuchen.« Sie schnitt ein Stück Papier in der Größe des Kuverts zu und schrieb langsam die Adresse, wie mit einer zittrigen Hand. »Willst du auch den Poststempel, die Briefmarke und dergleichen haben?«

»Freilich; alles, woran du dich noch erinnerst.«

»O, ich sehe es noch deutlich vor mir. Auf der Briefmarke war ein allerliebster Kopf der Königin, jung und hübsch, mit einer leichten Krone, das Haar hinten in drei kleinen Knoten aufgesteckt. Siehst du – so!«

Und sie machte eine zierliche kleine Skizze davon auf dem Papier.

»Kannst du auch die Umschrift beifügen?«

»Du verlangst viel! Ich erinnere mich nicht genau – doch: Mauritius stand rechts und Postamt links; aber was oben und unten war, weiß ich nicht mehr.«

»Aber die Farbe – an die wirst du dich doch noch erinnern!« Dora sprach in merkwürdig erregtem Tone.

»Versteht sich,« erwiderte Maggie lächelnd. Sie tauchte einen feinen Pinsel in ein Porzellannäpfchen voll Wasser, fuhr damit auf einer Farbe in ihrem Malkasten mehrmals hin und her und strich den Grund der Briefmarke mit zartem Blau an.

Dora stieß einen Schrei der Überraschung aus. Maggie sah sie verwundert an: »Wie blaß und aufgeregt du aussiehst, Dora. Ich wollte dir mit dem Rätsel ja nur einen Spaß machen.«

»Hättest du mir doch die Briefe gezeigt, als sie noch in den Kuverts steckten, Maggie!«

»Du hast schon etwas erraten, ich sehe es dir am Gesicht an. Weißt du, was den Dieb zu der Tat getrieben haben kann?«

»Ja, gewiß, ganz genau.«

»Aber wer ist der Dieb?«

»Das muß ich erst noch ausfindig machen.«

»Bitte, sage mir, was du weißt.«

»Du hast doch schon gehört, daß es Leute gibt, die Briefmarken sammeln.«

»Natürlich.«

»Bist du nicht vielleicht mit irgend einem solchen Sammler näher bekannt?«

»Bewahre. Mir ist diese Liebhaberei immer recht albern vorgekommen.«

»Das möchte ich von mir nicht behaupten. Ich verstehe zufällig etwas davon, wenn ich mich auch nicht selber damit abgebe. Die Marken, von denen du sprichst, werden von den Sammlern sehr geschätzt.«

»Und haben wirklichen Geldwert?«

»O ja, das ist wohl der Fall.«

»Damit wäre also der Beweggrund des Diebstahls erklärt. Du hast das Rätsel erraten.«

»Das genügt mir aber nicht. Ich muß auch den Dieb und die Briefmarken haben – besonders letztere.«

»Wie wolltest du das zuwege bringen?«

»Zuerst stelle ich eine kleine einfache Falle aus, in Form einer Anzeige in der ›Times‹; nichts weiter als dies: ›Man wünscht eine blaue Mauritiusbriefmarke – oder auch mehrere, für den vollen Marktpreis zu kaufen. Strengste Verschwiegenheit zugesichert‹.«

Sie schrieb die Worte nieder, während sie sprach.

»Die Marken sind nämlich sehr selten, mußt du wissen. Ein Sammler wird schwerlich hergeben, was er davon hat. Wir könnten daher den Dieb durch die Anzeige ins Netz locken.«

Das Glück schien Dora günstig zu sein. Zwei Tage darauf erhielt sie eine einzige Antwort, sehr kurz und vorsichtig und augenscheinlich mit verstellter Hand geschrieben: »Bitte den Preis zu nennen und an ›X.‹ hauptpostamtlagernd zu adressieren.«

Nachdem Dora die Zuschrift Maggie gezeigt hatte, versprach sie dem »X.« eine hohe Summe und erbat sich seine Antwort postlagernd unter »Y. Z.« Zwei Tage lang erfolgte weiter nichts. Aber am dritten Tage – es war zufällig der 1. April – fand sich ein dünnes Briefchen an »Y. Z.« vor. Dora riß es hastig auf, fand aber nichts weiter darin als das Wort: »Aprilnarr!« in derselben verstellten Handschrift.

»Das hat er gleich vorhergesagt,« rief Maggie, als Dora ihr Bericht erstattete.

»Er? – Wer denn?«

»Natürlich Fred. Ich meine Doktor Norris, mein Vetter.«

»Hast du es ihm denn erzählt?«

»Wir plauderten neulich davon, Carrie Vivian und ich, nachdem du mir die erste Antwort gebracht hattest; Doktor Norris kam gerade dazu und meinte, der Dieb würde schwerlich so dumm sein, dir geradeswegs in die Falle zu laufen.«

Dora biß sich auf die Lippen. »So,« sagte sie mit funkelnden Augen, »sie meinten also, der Dieb würde mich überlisten? Nun, wir werden ja sehen!« Mehrere Tage lang gab sie der Freundin kein Lebenszeichen; aber am Ende der Woche erschien ein lebhafter kleiner Franzose mit dunklem Teint bei Maggie, der ihr ein Briefchen von Dora überbrachte.

Sie schrieb, daß ihre Geschäfte sie leider hinderten, selber zu kommen, doch habe sie Monsieur Duval nicht abschlagen wollen, ihm einige empfehlende Zeilen an ihre Freundin mitzugeben. Duval habe photographische Aufnahmen von irischen Landschaften gemacht, die er gern künstlerisch kolorieren lassen wolle. Er sei reich und werde die Arbeit gewiß gut bezahlen: »Nimm Monsieur Duval freundlich auf,« hieß es weiter in dem Brief, »er ist ein alter Freund von mir, den ich sehr hochschätze; ich hoffe, ihr werdet Gefallen aneinander finden. Nachschrift. Unser Rätsel habe ich nicht vergessen. Vielleicht finde ich die Lösung noch. D. M.«

Maggie empfing den lebhaften kleinen Franzosen um Doras willen sehr zuvorkommend und fühlte sich bald durch sein angenehmes und offenherziges Wesen zu ihm hingezogen. Die Unbefangenheit mit der er nach allem und jedem fragte, und seine naive Unkenntnis englischer Sitten und Gebräuche, war eine unerschöpfliche Quelle der Unterhaltung.

Über die Art wie Maggie seine Photographieen bemalte, war er ganz entzückt, auch überredete er sie, ein Porträt von ihm auf Elfenbein zu machen. Seltsamerweise ließ er sich aber nicht herbei, ihr zu einer der Silhouetten zu sitzen, die doch Maggies Spezialität waren.

Als Carrie Vivian den Franzosen bei Maggie traf, war sie gleich sehr entzückt von ihm, nahm ihn ins Theater mit und machte viel Wesens von ihm. Doktor Norris fühlte sich dagegen gar nicht zu Monsieur Duval hingezogen, und seine Besuche in Maggies Atelier wurden um diese Zeit immer seltener. War er von jeher still und zurückhaltend gewesen, so zeigte er sich jetzt förmlich griesgrämig und sprach häufig davon, daß er die Praxis in London ganz aufgeben wolle, um sein Glück in Südafrika zu versuchen. Merkwürdigerweise war Maggie zur selben Zeit häufig niedergeschlagen und machte ein trübseliges Gesicht. Ihre Eßlust verließ sie, und selbst der lustige kleine Franzose konnte sie kaum durch seine witzigen Bemerkungen erheitern.

Obgleich Fred Norris große Abneigung gegen Monsieur Duval empfand, schien dieser doch eine seltsame Anziehungskraft auf ihn auszuüben. Es hatte fast den Anschein, als folge der Doktor dem kleinen Franzosen auf Schritt und Tritt, um ihn zu beobachten. Ein sonderbarer Zufall wollte, daß sie häufig aufeinander stießen, wenn Duval bei Maggie im Atelier gewesen war. Der Doktor benahm sich dabei oft argwöhnisch, man könnte sogar sagen grob, doch der gutmütige Franzose schien das nicht zu bemerken und war immer die Höflichkeit selbst. Eines Nachmittags geriet Doktor Norris wieder einmal mit ihm zusammen, als Duval von Maggie kam, und wie gewöhnlich war der Franzose entzückt, seinen *très cher ami* zu treffen.

Sie gingen eine Strecke weit miteinander, wobei der Franzose plauderte und der Doktor schwieg; doch als sie an seinem Hause vorbeikamen, tat sich Norris sichtlichen Zwang an und bat Duval, bei ihm einzutreten. Eine Weile rauchten sie schweigend ihre Zigaretten, dann brach Norris plötzlich in die Worte aus: »Monsieur, würden Sie mir wohl eine unhöfliche Frage beantworten?«

Duval erhob mit anmutiger Gebärde seine kleinen Hände wie abwehrend empor: »Sie – unhöflich, Monsieur! Das kann nicht sein!«

»Nun, also: Haben Sie die Absicht, Fräulein Norris zu heiraten?«

»Ihre Frage ist mir sehr schmeichelhaft, Monsieur; aber ach, so etwas würde ich mir nicht träumen lassen. Mademoiselle ist sehr reizend – jeder könnte es sich zur Ehre schätzen – man muß sie ja lieben. Das tue ich auch, aber meine Liebe ist es nicht, was sie sich wünscht. Verlassen Sie sich darauf, Monsieur, wenn ich um ihre Hand anhielte, würde sie mich abweisen. Ich denke gar nicht daran, ihr einen Antrag zu machen.«

»Das klingt, als wäre es Ihr Ernst,« sagte Fred Norris, dessen Ton auf einmal viel herzlicher geworden war.

Duval nickte vergnügt und begann nun, sich im Zimmer umzusehen. Neugierig betrachtete er einen Gegenstand nach dem andern und stieß zuletzt auf ein Briefmarkenalbum, das aus dem Nebentisch mitten unter einem Haufen Bücher lag.

»Gehört Ihnen das?« fragte er, die Blätter rasch umwendend. »Es ist eine sehr hübsche Sammlung.«

Die Frage schien den Doktor in Verlegenheit zu setzen. »Das Album ist nicht mein,« erwiderte er zögernd. »Es gehört Fräulein Vivian, soviel ich weiß. Sie kommt zuweilen auf meine Bude und hat es neulich hier gelassen, damit ich es ansehen soll.«

»Mademoiselle ist verliebt in Monsieur, nicht wahr?«

»Hören Sie, Duval, Sie sind ein ganz braver, kleiner Mensch, wie mir scheint; aber ich muß Ihnen sagen, daß man hier zu Lande dergleichen nicht von einer jungen Dame sagt.«

»Ich habe doch meine Augen, Monsieur. Mademoiselle ist *très belle*; sie spricht leise und wird rot, wenn Monsieur mit ihr redet, und sieht Monsieur schüchtern und liebevoll von der Seite an.« Dabei ahmte Duval Carries schmachtende Blicke so geschickt nach, daß Norris lachen mußte, doch ärgerte er sich auch.

»Lassen Sie das Geschwätz, Monsieur, ich will nichts mehr davon hören.«

»Aber Monsieur wird der schönen jungen Dame doch ihr Album wiederbringen, nicht wahr?«

»Sie können es ihr selber wiederbringen, wenn Sie Lust haben.«

»Gewiß, mit großem Vergnügen, besten Dank, Monsieur. Und Sie werden unterdessen zu Mademoiselle Norris gehen und ihr eine gute Arznei verschreiben. Sie fühlt sich gar nicht wohl.«

Duval sah den Doktor mit schlauem Augenzwinkern an und verließ das Zimmer.

»Ein netter kleiner Kerl,« murmelte Fred Norris wohlgefällig, während er ihm eilig folgte und die Richtung nach Maggies Atelier einschlug.

Carrie Vivian war hocherfreut über Monsieur Duvals Besuch; doch verdüsterte sich ihre heitere Miene, sobald sie das Album in seiner Hand bemerkte. »Sie haben mir etwas von Doktor Norris auszurichten?« sagte sie.

»Mademoiselle bewundert wohl den Herrn Doktor sehr?«

»Reden Sie keinen Unsinn. Er schickt mir mein Album wieder. Hat er es angesehen?«

»Nein, Mademoiselle, aber ich habe es mit Vergnügen betrachtet. Die Sammlung ist wundervoll; sie enthält sogar eine blaue Mauritiusmarke. Mademoiselle wollte wohl dem Herrn Doktor zeigen, wie reich sie ist?«

»Monsieur, Sie beleidigen mich!«

»Mademoiselle, ich muß Sie noch mehr beleidigen. Die Briefmarke ist nämlich nicht echt. Es ist eine geschickte Fälschung. Ich weiß das, denn ich bin Geheimpolizist. Sie spielen ein gefährliches Spiel, Mademoiselle, ich warne Sie.«

»Das ist erlogen!« rief das geängstigte Mädchen. »Die Marke ist echt; ich habe sie selbst aus einem Kuvert geschnitten, das von der Insel Mauritius kommt. Ich besitze auch noch andre Kuverts mit solchen Briefmarken.«

»Das ist schwer zu glauben, Mademoiselle.«

»Aber ich kann es beweisen.«

»Es wäre unhöflich, einer Dame zu widersprechen.«

»Wenn ich Ihnen die Umschläge zeige, werden Sie dann glauben, daß die Briefmarken echt sind?«

»Jawohl, wenn Sie mir die echten Umschläge mit den Briefmarken zeigen.«

»Und Sie werden fortgehen?«

»Freilich werde ich gehen: o ganz gewiß.«

Carrie schloß hastig eine Schublade auf und nahm ein Päckchen mit sieben alten Kuverts heraus. Auf sechs davon waren blaue Briefmarken von Mauritius, in dem siebenten Umschlag aber sah man statt der Marke nur ein viereckiges Loch.

Monsieur Duval betrachtete die Umschläge genau, legte die lose Briefmarke wieder an die Stelle, wo sie hingehörte, und sagte dann: »Mademoiselle hat ganz recht: sowohl die Kuverts wie die Marken sind vollkommen echt.« Bei diesen Worten steckte er die Briefmarken samt den Kuverts ruhig in die Tasche.

»Aber bitte, Monsieur,« rief Carrie entrüstet und wollte seine Hand festhalten: doch Duval wich ihr geschickt aus.

»Pardon, Mademoiselle,« sagte er und zog die genaue Nachbildung eines der Kuverts hervor, die er ihr dicht vor die Augen hielt. »Gefälscht sind die Briefmarken nicht, aber was weit schlimmer ist, sie sind gestohlen. Ich will sie unverweilt der Eigentümerin, Ihrer guten Freundin Maggie Norris, wieder zustellen.«

Und ehe die zu Tode erschrockene Carrie noch ein Wort der Erwiderung hervorbrachte, war der Franzose mit seiner Beute bereits verschwunden.

Monsieur Duval fand, wie er erwartet hatte, daß Doktor Norris bei seiner Cousine gewesen war, der die von ihm verschriebene Arznei sehr zuträglich zu sein schien, denn sie sah schon bedeutend wohler aus.

*Ma chère,« begann Duval, »ich bin hier, um Lebewohl zu sagen. Der Abschied kommt überraschend schnell, aber das läßt sich nicht ändern. Mein Werk ist vollbracht. Sie werden Monsieur Duval nicht wiedersehen.«

»Das tut mir sehr leid,« sagte Maggie, doch er unterbrach sie.

»Ehe ich fortgehe, habe ich noch ein kleines Anliegen: Wollen Sie eine Silhouette von mir machen? Sie haben oft darum gebeten, doch ich habe es immer abgeschlagen. Nun ist die Reihe zu bitten an mir – werden Sie mir den Wunsch verweigern?«

»Im Gegenteil, es wird mir die größte Freude machen und im Augenblick geschehen sein. Wenden Sie den Kopf nur ein wenig. So – nun halten Sie still.«

Maggie griff nach ihrem schwarzen Papier und der Schere. Schnipp, schnapp, schnipp, schnapp, ging es eine Weile, aber plötzlich fiel die Schere klirrend zu Boden.

»Dora!« schrie Maggie, halb weinend, halb lachend. »Es ist Dora, so wahr ich lebe!«

»Ganz richtig, liebes Herz,« antwortete Dora Myrls Stimme mit größter Gelassenheit. »Ich dachte mir's gleich, daß deine Schere mich verraten würde. Es ist so schwer, sein Profil unkenntlich zu machen.«

»Aber was hast du denn bezweckt?«

»Erstens den Doktor dahin zu bringen, dir eine Arznei zu verschreiben, und zweitens dir die Mittel zu einem hübschen Honorar zu verschaffen, das du ihm für sein Rezept bezahlen sollst.«

Sie legte ein kleines Paket in die Hand der Freundin.

»O, das sind ja die sieben alten Marken von den Briefen des Großonkels!« rief Maggie verwundert.

»Du darfst diese kleinen Papierstückchen nicht verachten: denn sie sind mehr wert als ihr Gewicht in Gold und Diamanten. Die letzte Briefmarke dieser Art wurde zu dem Marktpreis von tausend Pfund verkauft. Siebentausend Pfund ungefähr sind eine ganz hübsche Summe zur Gründung eines jungen Hauswesens.«

»Aber Dora, wie kannst du nur – –«

»Ich habe doch Augen im Kopf, liebes Herz, und obendrein recht scharfe zum Glück. O Maggie, Maggie, was für eine Heuchlerin bist du! Hast du mir nicht oft gesagt, du wollest nie heiraten?«

»Bewahre, Dora,« erwiderte sie lachend und errötend, »ich sagte nur, daß ich meinen Namen nicht ändern würde.«

»Ja freilich. Aber ich hatte erraten, was das heißen sollte, und habe Doktor Norris hergeschickt, dir ein Rezept zu verschreiben,« rief Dora, der Freundin jubelnd um den Hals fallend.

War es eine Fälschung?

»Es wäre wirklich ein gutes Werk, wenn Sie es unternehmen wollten, Fräulein Myrl.«

»Ist das maßgebend bei meinem Beruf, Sir Gregor?« fragte Dora spöttisch.

»Bei Ihrem Beruf? – Ja, den habe ich einmal wieder gründlich vergessen. Sie sind selbst schuld daran. Nun will ich aber auch nur von Geschäften sprechen.«

»Zucker gefällig?« fragte die junge Dame und hielt ihm ein Stück mit der silbernen Zange über die feine Porzellantasse; Sir Gregor war nämlich gerade zu ihrer Teestunde gekommen. Dora sah aus, als wäre sie nicht zur Arbeit auf der Welt, sondern nur zum Vergnügen. Das blaßblaue Gesellschaftskleid, ein Meisterwerk ihrer Pariser Schneiderin, stand ihr vortrefflich zu Gesicht und darunter stahlen sich die zierlichsten Füßchen hervor. Sie trug ihr glänzendes Haar nach der neuesten Mode und ihre Augen leuchteten vor innerer Heiterkeit. Man konnte es Sir Gregor wahrlich nicht verdenken, wenn er über dem hübschen jungen Mädchen die Geheimpolizistin vergaß.

»Was wünschen Sie?« fragte er verwirrt. »O ja, bitte« – und der Zucker fiel aus der Zange in seinen Tee.

»Nein, Fräulein Myrl, beim besten Willen kann ich den richtigen Geschäftston Ihnen gegenüber nicht finden. Darf ich als Freund zu Ihnen reden?«

»Immer und zu jeder Zeit, Sir Gregor.«

»Ich komme, Sie zu bitten, der armen Annie Lovel auf Riversdale, dem Gut ihres Onkels, Gesellschaft zu leisten.«

»Das haben Sie mir ja schon vorhin gesagt! aber ich weiß noch immer nicht weswegen.«

»Annies Onkel, Sir Randal Lovel, haben Sie doch gekannt?«

»Den großen Büchersammler? Ich weiß nichts Schlimmes von ihm.«

»Auch seinen Neffen, Albert Lovel?«

»Von dem habe ich nichts Gutes gehört.«

»Es ist auch nichts Gutes an ihm. Von Kindheit an war er ein Nichtsnutz, geradezu schlecht und boshaft. Aus drei Schulen wurde er fortgeschickt und von der Universität relegiert. Und bei der Armee bekam er seinen Abschied: man munkelte etwas von Betrug im Kartenspiel. Andre und noch schlimmere Geschichten wurden überall ruchbar, wohin er bei seiner Reise auf dem Festland kam. Man erzählte von einem Duell mit tödlichem Ausgang, bei dem er gefeuert haben soll, ehe das Zeichen gegeben war. Zweimal erschien er als Mitangeklagter in einem Ehebruchsprozeß vor Gericht, und um seinetwillen hat erst neulich wieder ein junges Mädchen sich ein Leid angetan. Doch ich brauche sein Sündenregister nicht weiter aufzuzählen. Sie können es mir aufs Wort glauben, daß Albert Lovel – ›Albert der Gute‹, wie er allgemein heißt – der lustigste, gescheiteste, hübscheste, gebildetste und dabei der herz- und gewissenloseste, verworfenste junge Mensch in Großbritannien ist.

»Und doch glaubte Sir Randal Lovel an ihn, während alle Welt ihn für einen Verlorenen ansah. Sir Randal hat nämlich großen Familienstolz und der junge Albert ist Erbe seiner ungeheuren Reichtümer; es lag daher in dessen Interesse, dem Onkel Sand in die Augen zu streuen. Das war auch nicht schwer, denn Sir Randal lebt äußerst zurückgezogen und glaubt wie alle hochherzigen Ehrenmänner nicht leicht an das Böse. So brauchte denn der flotte junge Taugenichts nur von Zeit zu Zeit einmal nach Riversdale zu reisen, um dort Fasanen zu schießen und seiner Cousine Annie Lovel auf höchst ehrerbietige Weise den Hof zu machen, und Sir Randal war entzückt von ihm.

»Endlich kam es aber doch zu dem unvermeidlichen Krach. Irgend eine der Untaten seines Neffen war zu Sir Randals Ohren gedrungen, und als klare Beweise dafür erbracht wurden, stellte der Baron weitere Erkundigungen an, die ihm die ganze Laufbahn des sauberen Neffen enthüllten. Der Zorn eines für gewöhnlich ruhigen Mannes ist furchtbar. So kam es denn zwischen ihm und Albert zu einem stürmischen Auftritt. Alle Ausflüchte und Lügen, hinter denen sich der elende Schurke verstecken wollte, fielen vor der gerechten Entrüstung des alten Herrn kläglich über den Haufen.

»Als Sir Randal endlich drohte, ihn zu enterben, gab ›Albert der Gute‹ seine Heuchelei auf und lachte dem Onkel geradezu ins Gesicht.

»›Wer lange droht, macht dich nicht tot, und umgekehrt,‹ rief er, und stolzierte keck aus dem Zimmer und zum Haus hinaus.

»Tags darauf schickte Sir Randal nach London, um den Anwalt holen zu lassen und sein Testament zu ändern. Da traf ihn, als er gegen Abend ruhig in seinem Studierzimmer saß, ein Schuß durchs offene Fenster, das auf den Rasenplatz hinausging!«

»Von wem kam der Schuß?«

»Das weiß niemand. Man hatte keinen Knall gehört. Der Diener kam glücklicherweise bald darauf ins Zimmer und fand seinen Herrn halb bewußtlos, blutend und stöhnend in den Stuhl zurückgesunken, aber zu schwach, um nach Hilfe zu rufen.

»Die Wunde war indes nicht gefährlich. Die Kugel hatte die Uhr des Barons zertrümmert, war dann nach der linken Schulter hinabgeglitten und steckte so dicht unter der Haut, daß man sie leicht entfernen konnte.

»Sir Randal, der darauf bestand, die ganze Angelegenheit geheimzuhalten, konnte nach einer Woche schon wieder auf sein und sich frei bewegen. Den Besuch des Anwalts bestellte er aber ab. ›Es wäre zu gefährlich,‹ sagte er, ohne sich auf nähere Erklärungen einzulassen. Dann setzte er eigenhändig sein Testament auf und ließ es vom Doktor und dem Pfarrer aus der benachbarten Stadt als Zeugen unterschreiben. Niemand bekam es zu Gesicht, aber man nahm allgemein an, daß Fräulein Lovel Universalerbin sein würde. Sir Randal verwahrte das Dokument in dem eisernen Geldschrank, der in seinem Studierzimmer stand, und trug den Schlüssel stets bei sich. Jeden Morgen nahm er das Testament heraus und las es durch, um sich zu überzeugen, daß es ganz unversehrt sei.«

»Ist es etwa abhanden gekommen?« fragte Dora. »Bis jetzt ist Ihre Geschichte sehr spannend, Sir Gregor.«

»Hoffentlich wird das Ende um so alltäglicher sein. Von einem Ereignis muß ich Ihnen aber doch noch berichten; es fand nämlich ein Einbruchsversuch statt. Man hatte auf sehr geschickte Weise das Schloß aufbrechen wollen, doch wurde noch rechtzeitig Lärm geschlagen. Der Dieb mußte fliehen und sein Werk unvollendet lassen. Werden Sie nur nicht ungeduldig, Fräulein Myrl, daß ich so weitläufig erzähle; ich komme jetzt mit meiner Geschichte gleich zu Ende. Vorgestern ist Sir Randal urplötzlich gestorben.«

»Was!«

»Nein, nein, es ging ganz mit rechten Dingen zu. Er starb eines natürlichen Todes an Lungenentzündung, obgleich der Arzt meint, die Schußwunde könne das Ende beschleunigt haben. Das arme Mädchen, die Annie, ist nun aber ganz allein in dem großen Haus, ohne eine befreundete Seele, nur mit einem Haufen braver, aber einfältiger Dienstboten. Sie hat mir geschrieben, ich möchte zu ihr kommen, aber ich kann jetzt nicht von London fort. Annie sollte jemand bei sich haben, womöglich ein weibliches Wesen, das Herzensgüte hat und zugleich scharfen Verstand, jemand der für sich selber zu sorgen weiß und auch andern helfen kann.«

»Damit bin ich wohl gemeint?« sagte Dora und machte einen zierlichen Knicks. »Ich fühle mich sehr geschmeichelt.«

»Ich schmeichle nie, Fräulein Myrl.«

»Immer besser. Man kann Ihnen nicht widerstehen, Sir Gregor. Mit welchem Zug soll ich fahren?«

»In anderthalb Stunden geht ein Schnellzug ab; wenn das nicht zu früh ist. Sie würden vor sieben Uhr dort sein und kämen gerade noch zu Tische. Ich will gleich telegraphieren, daß man Sie am Bahnhof abholt, der nur drei Meilen vom Gut entfernt ist.«

Fräulein Lovel kam selbst mit ihrem zweispännigen Phaethon, um Dora von der Bahn abzuholen, und bewillkommnete sie aufs herzlichste. Die Damen fuhren zusammen durch die stattliche Lindenallee, die, noch in dichtem Grün prangend, vom Glanz der untergehenden Herbstsonne beleuchtet war, nach dem großen, stolzen Giebelhause, das mitten im Park lag.

Das Mittagsmahl war noch nicht zu Ende, und schon plauderten die Mädchen miteinander wie zwei alte Freundinnen. Annie Lovel suchte Trost bei Dora in ihrer großen Betrübnis, denn sie hatte ihren verstorbenen Onkel wie einen Vater geliebt. Auch fürchtete sie sich vor ihrem schönen Vetter, wie die frommen Christen im Mittelalter den Teufel fürchteten und doch nicht umhin konnten, ihn zu bewundern.

Nach allem, was Annie von Fräulein Myrl gehört hatte, war sie von vornherein geneigt, ihr Vertrauen zu schenken; Doras lebhaftes munteres Wesen fesselte sie gleich im ersten Augenblick und wirkte wie eine stärkende Arznei aus ihre angegriffenen Nerven. Während sie plaudernd beisammen im Wohnzimmer saßen, röteten sich Annies blasse Wangen, ihre traurigen Augen wurden hell und sie war seit Monaten wieder zum ersten Male das hübsche, fröhliche Land-mädchen, dessen ganzes Wesen zur Heiterkeit neigte und dem aller Trübsinn fernlag.

So war ihnen nach Tische eine Stunde rasch vergangen, als Dora sich plötzlich mitten in einer lebhaften Beschreibung der Londoner Geselligkeit unterbrach und nach der Uhr sah.

»Doch jetzt an unser Geschäft,« sagte sie. »Wir müssen uns vor dem Wolf schützen, Fräulein Lovel – Sie können sich schon denken, wen ich meine.«

»Bitte, nenne mich Annie und Du.«

»Sehr gern, Annie. Zeige mir jetzt das Zimmer, wo der Geldschrank steht; ich weiß die ganze Geschichte schon von Sir Gregor, wie du siehst.«

Dora brachte eine sinnreiche kleine Maschine von London mit, die sie sich selbst ausgedacht hatte. Sie bestand in einer elektrischen Batterie mit Glocke und einer Rolle isolierten Drahtes. In fünf Minuten hatte sie alles so angebracht, daß die Glocke ertönte, sobald man versuchte, Tür oder Fenster des Studierzimmers zu öffnen. Die ganze Nacht hindurch blieb alles still. Erst als das Zimmermädchen am Morgen die Klinke ausdrückte, fiel die Falle zu und man hörte ein lautes Glockengebimmel.

Den Morgen verbrachten die Mädchen auf die angenehmste Weise, aber am Nachmittag wurden sie aus ihrer Ruhe aufgeschreckt.

Dora stand zufällig gerade auf dem Treppenabsatz, als unten an der Haustür erst leise ge-klingelt und dann geklopft wurde. Sie wartete und sah, wie der Eintretende dem Diener seine Karte übergab. Der Herr war ihr fremd, doch erriet sie sofort, wer es sein müsse, und eilte hinunter, ihn zu begrüßen.

»Herr Albert Lovel, wenn ich nicht irre?«

Er verbeugte sich mit tadelloser Höflichkeit.

»Es sollte wohl jetzt ›Sir Albert Lovel‹ heißen,« erwiderte er leichthin. »Doch zwischen uns bedarf es keiner solchen Förmlichkeiten, Fräulein Myrl. Nennen Sie mich, wie Sie wollen.«

»Sie kennen mich also?« fragte Dora, ohne sich merken zu lassen, wie überraschend ihr seine Anrede kam.

»Versteht sich. Ich vergesse nie ein Gesicht, besonders wenn es hübsch ist – nichts für ungut. Zwar habe ich Sie nur einmal gesehen, bei einem Wettrennen, wo ich viel Geld verlor und Sie großen Ruhm gewannen, aber ich erinnere mich der reizenden Geheimpolizistin noch sehr genau.«

Er verstand sich trefflich darauf, in seine Rede teils versteckten Spott, teils Schmeicheleien einzuflechten. In seinem Radfahreranzug vom neuesten Schnitt sah er schön aus wie ein Apoll. Heiteres Lächeln spielte ihm um die Lippen, der Wohllaut seiner Stimme war berückend und dabei lag doch etwas Männliches in seinem Wesen. Kurz, er war ganz der Mann, dem kein Mädchenherz zu widerstehen vermag.

»Natürlich weiß ich, weshalb Sie hier sind, Fräulein Myrl,« fuhr er lachend fort. »Man hat Sie als Schäferhund hergeschickt – entschuldigen Sie den Vergleich – um das arme kleine Lämm-chen Annie vor dem Wolf zu hüten – nämlich vor mir. Nun gut! *En garde!*«

»Soll das eine Herausforderung sein, Sir Albert?«

»Nur eine freundschaftliche Aufforderung zu einem heiteren Kampfspiel! – Aber da kommt ja meine reizende Cousine!« Seine Stimme nahm einen kaum merklich veränderten Klang an und es lag ein Anflug von Zärtlichkeit und Ergebenheit in der Art, wie er die Hand seiner Cousine an die Lippen führte. Als ihre Blicke sich trafen, sah Dora, daß Annie errötete.

»Ich komme, dir mein Beileid zu bezeigen, Cousinchen,« sagte er. Der leise Hohn, den Dora aus den Worten heraushörte, war wohl für Annies Ohr nicht vernehmbar.

»Ist es nicht besser, ganz offenherzig zu sein, Sir Albert?« fragte Dora.

»Ohne Zweifel,« versetzte er im gleichen Ton. »Ich wollte auch der Cousine gerade sagen, daß ich nur zu dem Zweck herkomme, der Eröffnung des Testaments beizuwohnen.«

»Die wird erst in drei Tagen stattfinden,« entgegnete Dora rasch. »Herr Bennett kann nicht früher kommen.«

»So muß ich bis dahin die Gastfreundschaft von Riversdale in Anspruch nehmen. Als nächster männlicher Verwandter und Sir Randals mutmaßlicher Erbe hätte ich wohl ein Recht dazu, doch will ich es als eine Gunst erbitten.«

Annie schaute Dora unentschlossen an.

»Du wirst deinem Vetter die Gunst nicht wohl verweigern können,« sagte diese.

Sir Albert verbeugte sich dankend. Als sie an dem Studierzimmer vorbeikamen, wo der Geldschrank stand, öffnete Dora die Tür. In einem großen Lehnstuhl saß ein Mann, der eine Friesjacke nebst Gamaschen trug und eine doppelläufige Flinte zwischen den Knieen hielt.

»Dies ist einer der Wildhüter, Sir Albert,« erklärte ihm Dora. »Wir lassen die Leute hier abwechselnd Tag und Nacht Wache halten. Sie haben wohl von dem Einbruchsversuch gehört. Da ist weise Vorsicht nötig.«

»Ich bin ganz Ihrer Meinung,« erwiderte er im Ton vollkommenster Aufrichtigkeit.

Sir Albert leistete den beiden Mädchen in der liebenswürdigsten Weise Gesellschaft. Er war freundlich, teilnehmend, heiter, doch nicht zu lustig. In seinem Ton gegen Annie lag nur die leiseste Andeutung zärtlicher Gefühle. Dora behandelte er stets mit freimütiger Kameradschaft; er sah so hübsch aus und trug so viel zur Unterhaltung bei, daß sie sich immer wieder ins Gedächtnis rufen mußte, was er im Grunde für ein schlechter Mensch war, um nicht in Gefahr zu geraten, ihm Wohlwollen und Vertrauen zu schenken. Am Morgen des zweiten Tages wurden die Mädchen jedoch auf rauhe Art aus ihrem schönen Traum erweckt.

Dora ging im Garten spazieren und freute sich an dem warmen Sonnenglanz, der den altmodischen Blumen auf den Beeten frischen Duft und Farbe verlieh, als Annie bleich und erschrocken auf sie zugelaufen kam.

»Der Schlüssel des Geldschranks ist gestohlen,« rief sie.

»Wann?« fragte Dora. »Nimm dich zusammen und versuche ruhig zu bleiben, liebes Herz.«

Annie bebte wie ein Blatt im Winde. »Ich habe keine Ahnung, wann es geschehen sein kann,« sagte sie. »Wie du weißt, bewahrte ich den Schlüssel in dem Geheimfach des Schreibtisches im Eßzimmer. Als Onkel starb, habe ich ihn dorthin gelegt und seitdem nicht wieder danach gesehen. Plötzlich fiel er mir heute wieder ein; ich hatte eine Art Vorgefühl, daß ich ihn nicht finden würde. Aber ich bekam doch einen Todesschreck, als er wirklich fort war.«

»Dein Schreck kann uns wenig nutzen. Vor allem müssen wir nachsehen, ob der Schrank geöffnet worden ist. Komm mit mir!«

Im Studierzimmer saß der Wildhüter nach wie vor auf seinem Wachtposten. Dora warf nur einen Blick nach der Tür des Geldschranks. »Alles in Ordnung,« sagte sie kurz.

»Woher weißt du denn das?« fragte Annie.

»Nichts einfacher. Ich habe ein Haar über die Türspalte geklebt, und das ist nicht zerrissen. Nun müssen wir aber den Schlüssel finden. Wo ist Sir Albert?«

»In seinem Zimmer. Er ist schon den ganzen Morgen dort, seit dem Frühstück.«

»Und die Tür hat er gewiß von innen verschlossen. Gibt es keinen zweiten Schlüssel?«

»Die Haushälterin hat einen, aber —«

»Rasch, tue mir die Liebe und hole ihn,« bat Dora dringend. »Ich möchte Sir Albert so wenig wie möglich in seiner Beschäftigung stören.«

Mit dem Schlüssel in der Hand, schlich sie sich leise an die Tür und drückte geräuschlos aus die Klinke. In der Tat war das Zimmer von innen verschlossen, wie sie vorausgesehen hatte. Nun steckte sie den Schlüssel ins Schloß, daß der andre drinnen herausflog, und riß die Tür auf.

Sir Albert sprang mit einem Fluch vom Stuhl empor und im ersten Augenblick malte sich teuflische Wut in seinen Zügen; doch gewann er die Fassung sogleich wieder. Er raffte einen blanken Gegenstand vom Tisch auf, ließ ihn schnell in der Tasche seiner bequemen Jacke verschwinden und trat dann lächelnden Mundes vor Dora hin.

»Das ist ja ein ganz unerwartetes Vergnügen, Fräulein Myrl,« sagte er.

Dora schaute an ihm vorbei, nach dem Tisch, vor dem er gesessen hatte. Dort stand ein Schmelztiegel über einer brennenden Spirituslampe; daneben aber lagen ein Lötrohr, mehrere glänzende Metallstücke und Schnitzel, die von einem sehr dicken braunen Papier herzurühren schienen. Mitten unter diesem Wirrwarr fiel ihr ein hübsches grünledernes Meerschaumspitzenfutteral auf und ein neben dem Stuhl lehnender offener Reisesack aus grünem Saffianleder mit Bügel und Schloß aus Goldbronze. Am andern Ende des Tisches stand ein gleichfalls geöffnetes Reiseschreibzeug, während Papierstückchen, allerlei Federn und ein Radiermesser verstreut umherlagen.

Lächelnd bat Dora um Entschuldigung! dann schritt sie rasch durchs Zimmer. »Was für ein hübsches Futteral,« sagte sie unbefangen und streckte die Hand danach aus.

Doch Sir Albert kam ihr zuvor. Er bemächtigte sich des Futterals und warf es mit solcher Hast in eine Abteilung des Reisesacks, daß die Seide zerriß und dasselbe zwischen Futter und Oberleder hineinglitt.

»Rühren Sie es nicht an,« rief er. »Es riecht ganz abscheulich nach altem Tabak.«

»Sie sind mit schriftlichen Arbeiten beschäftigt, wie ich sehe, Sir Albert,« fuhr Dora fort, ohne auf seine offenbare Bestürzung zu achten.

»Jawohl,« versetzte er mit der größten Gelassenheit. »Ich wollte eben versuchen, meines Onkels Handschrift nachzuahmen. Nicht wahr, Sie haben das ohnehin geargwöhnt, Fräulein Myrl; da kann ich es Ihnen ebensogut offen eingestehen.« Bei diesen Worten raffte er das umherliegende Papier zusammen, klappte den Deckel des Tintenfasses zu und schloß das Schreibzeug. Dann warf er einen Blick auf die brennende Spirituslampe und den Tiegel, worin ein weißes Metall wallte und siedete.

»Ich mache mir Kugeln für eine Windbüchse,« sagte er. »Wenn Sie nicht ganz genau in den Lauf passen, taugen sie nichts; deshalb gieße ich sie selber.«

Vielleicht dachte Dora in diesem Augenblick an den feigen Schuß, der seinen Onkel hingestreckt hatte; doch war in ihren Mienen nichts davon zu lesen.

»Ich muß Sie noch um Entschuldigung bitten, Sir Albert, daß ich so plötzlich bei Ihnen eingedrungen bin,« sagte sie mit sanfter Stimme. »Der Schlüssel zum Geldschrank ist nämlich verloren oder vielmehr gestohlen worden. Fräulein Lovel macht sich große Unruhe darüber, und da dachte ich, Sie würden vielleicht ——«

»O natürlich,« rief er bereitwillig, »ich werde gleich kommen und ihr suchen helfen.«

Schon nach fünf Minuten hatte er den Schlüssel unter dem Schreibtisch gefunden, in dessen Geheimfach ihn Annie verborgen glaubte.

»Sie sind wirklich sehr findig, Sir Albert,« sagte Dora unbefangen, als er Annie den Schlüssel einhändigte. Er sah ihr freimütig ins Gesicht und brach in ein lautes Lachen aus, das sich wie Musik anhörte.

Am selben Abend traf er Dora in einem der Gewächshäuser im entlegensten Teil des Gartens, wohin er geschlendert war, um eine Zigarre zu rauchen. Sie hielt einen großen Hammer in der Hand und war beschäftigt, auf den Fliesen des Fußbodens einige Glasstückchen zu Pulver zu zerschlagen.

»Ich bitte Sie, Fräulein Myrl, was stellt denn das vor?«

»Eine Mausefalle, Verehrtester, wenn Sie nichts dagegen haben,« erwiderte sie und schob das weiße Pulver in eine Papierdüte, die sie in die Tasche steckte.

Er lachte wieder, doch diesmal etwas verlegen.

»Sie interessieren mich wirklich sehr, Fräulein Myrl,« sagte er plötzlich. »Könnten wir denn das Spiel nicht gemeinsam betreiben und den Kampfpreis teilen? Vereinigt wären wir zwei schwer zu besiegen.«

»Bewahre, Sir Albert,« lautete ihre muntere Antwort. »Ich gehöre zur Gegenpartei. Sie wissen ja, daß ich auf Fräulein Lovels Seite bin. Wir kämpfen zusammen um den höchsten Preis.«

Am folgenden Nachmittag kam der Anwalt, Herr Bennett, mit Sir Gregor nach Riversdale, um das Testament zu verlesen.

Dora hätte darauf schwören mögen, daß der eiserne Geldschrank in der Zwischenzeit nicht geöffnet worden war; trotzdem geriet sie in furchtbare Aufregung, als der Anwalt das Dokument in die Hand nahm. Sie machte sich jedoch unnütze Sorge; das Testament war kurz und klar abgefaßt. Außer einigen Legaten an alte Freunde und Diener vermachte der Erblasser sein gesamtes Hab und Gut seiner geliebten Nichte Annie Lovel.

Dora atmete erleichtert auf. Es war alles in Richtigkeit und ließ sich nicht mehr abändern. Der Verstorbene hatte das Testament mit eigener Hand geschrieben und die Zeugen waren unanfechtbar. Daß ihr geschickter Gegner keinen einzigen Angriff gewagt hatte, erschreckte und beunruhigte sie einigermaßen. Sie besprach noch einmal alles Nähere mit dem Anwalt und Sir Gregor Grant.

»Sie haben ganz recht, Fräulein Myrl,« sagte der Anwalt. »Falls das Original vernichtet wird, kann auch eine Abschrift des Testaments als gültig erklärt werden, sogar auf bloß mündliche Aussage hin. Wer hat nicht von Herrn Albert Lovel gehört? ›Albert der Gute‹ hieß er, haha! Jetzt heißt er Sir Albert. Vermutlich würde er nichts dagegen haben, die Güter zu besitzen, um den Titel aufrecht zu erhalten. Doch dazu bleibt ihm nicht die geringste Aussicht. Wenn Sie es wünschen, kann ich aber eine beglaubigte Abschrift nach London mitnehmen.«

»Vorher darf ich wohl eine photographische Aufnahme davon machen? ich habe meinen Apparat hier zur Hand.«

»Das dürfte ganz unnötig sein,« meinte der Anwalt.

Sir Gregor bestand jedoch darauf, daß man »Albert dem Guten« gegenüber keine Vorsicht außer acht lassen dürfe, und die Aufnahme wurde gemacht.

Worüber sich alle am meisten wunderten, das war Sir Alberts Benehmen in dieser für ihn so schwierigen und unangenehmen Lage. Er machte keinen Versuch, seine Enttäuschung zu verbergen, ertrug aber den Verlust wie ein Mann. Die Art, wie er die Erbin beglückwünschte, konnte ihm wirklich zur Ehre gereichen.

»Ich gestehe dir ganz offen, Annie,« sagte er, »ich hatte erwartet, auch meinen Namen in dem Testament zu finden. Aber es ist mir ein großer Trost, zu denken, daß das Vermögen dir zufällt, wenn es mir nicht gehören soll.« Seine ganze Haltung war dabei männlich, freundlich und verwandtschaftlich, von Zärtlichkeit keine Spur. Er tat Annie herzlich leid und sie hätte ihm gerne die Hälfte des großen Vermögens abgetreten; aber Sir Gregor Grant tat Einspruch als Testamentsvollstrecker und Herr Bennett als Anwalt; auch schlug Sir Albert das Anerbieten rundweg ab, sobald es ihm zu Ohren kam.

Es gab in Riversdale noch viel Geschäftliches zu ordnen, so daß eine Woche verging, bevor Sir Gregor und Herr Bennett mit dem Testament und der Abschrift nach London zurückkehrten. Sir Albert begleitete sie. Trotz allem, was gegen ihn vorlag, und trotz der schlechten Meinung, die sie von ihm hatten, war es ihm doch gelungen, sich einigermaßen ihr Vertrauen zu erwerben. Ehe sie Abschied nahmen, erbot sich Sir Gregor aus freien Stücken, ihm fünfhundert Pfund zu leihen, worauf Sir Albert bereitwillig einging, da er die Summe gerade jetzt nötig brauchte, wie er ganz beiläufig erwähnte.

Dora blieb noch einige Tage in Riversdale. Wie erfreulich ihr auch der Erfolg ihres dortigen Aufenthalts war, so konnte sie doch nicht aufhören, sich darüber zu verwundern. Nach London zurückgekehrt, unternahm sie eine fünfwöchentliche Reise auf dem Festland und die ganze Angelegenheit kam ihr völlig aus dem Sinn. An einem Freitag Abend traf sie wieder in London ein.

Als sie am Sonnabend Nachmittag behaglich in ihrem hübschen Wohnzimmer saß und die Westminster Gazette zur Hand nahm, fiel ihr sogleich eine Notiz in die Augen, die auf der ersten Seite stand und die sensationelle Überschrift trug:

Lovel v. Lovel!
Der große Nachlaßprozeß!
Eine Million auf dem Spiel!
Überraschendes Ergebnis!
Ist es eine Fälschung?

Hastig überflog sie die Zeilen: »Der Fall Lovel v. Lovel, der heute vor dem Oxforder Schwurgericht zur Verhandlung kam, hat plötzlich eine ganz unvermutete Wendung genommen. Man wird sich erinnern, daß der verstorbene Sir Randal Lovel durch ein eigenhändig geschriebenes Testament sein ganzes Vermögen, das auf über eine Million Pfund geschätzt wird, dem Fräulein Annie Lovel, seiner Nichte, hinterlassen und seinen Neffen, Sir Albert Lovel, enterbt hat. Man sagt, daß die Umstände dies Verfahren vollständig rechtfertigten. Das Testament war rechtsgültig abgefaßt, Sir Randals Fähigkeit, zu testieren, konnte nicht angezweifelt werden und die Zeugen waren hochangesehene Männer. Zur allgemeinen Überraschung erhob jedoch Sir Albert noch im letzten Augenblick Einspruch dagegen. Den Ratgebern der jungen Dame machte das keine Sorge; sie betrachteten die Prüfung des Testaments nur als eine gerichtliche Form. Bei der Verhandlung waren die Anwälte in fünf Minuten mit ihren Ausführungen fertig; kein einziger Zeuge wurde einem Kreuzverhör unterworfen. Hierauf händigte der Anwalt der Gegenpartei das Testament dem berühmten Sachverständigen Croßcaden ein, der die Unterschrift begutachten sollte. Er untersuchte sie genau mit der Lupe und erklärte sie für echt. Damit schien der Fall beendet zu sein, aber als der Sachverständige noch einen Blick auf das Testament selber warf, machte er eine merkwürdige Entdeckung. Bei den Wörtern ›Nichte Annie‹ befand sich eine sorgfältig radierte und wieder überschriebene Stelle. Die Buchstaben ›ichte‹ in ›Nichte‹ und ›nnie‹ in ›Annie‹ waren augenscheinlich aufs geschickteste in der Handschrift des Erblassers gefälscht. Die Vermutung lag nahe, daß ursprünglich ›Neffe Albert‹ dagestanden hatte, das brauchte man übrigens gar nicht in Betracht zu ziehen, denn, falls das Testament für ungültig erklärt wurde, fiel der ganze Besitz, der hauptsächlich in Gütern bestand, ohnehin Sir Albert zu. Die Entdeckung machte großes Aufsehen im Gerichtshof und es wurden über die Person des Fälschers die verschiedensten Mutmaßungen laut. Auf Antrag der klägerischen Partei wurde sodann die Verhandlung bis Montag früh vertagt, doch ist über den Ausgang kaum noch ein Zweifel vorhanden.«

Dora warf die Zeitung hin und griff nach dem Kursbuch. »Ich muß eilen, um noch den Zug zu erreichen,« murmelte sie. »Rasch eine Droschke!« rief sie der Dienerin zu, die auf ihr Klingeln eintrat. Dann packte sie eiligst, aber mit großer Sorgfalt ihren Reisesack und zugleich mit der Droschke war sie vor der Tür.

»Nach Paddington!« rief sie hineinspringend. »Sie bekommen ein Pfund, wenn ich rechtzeitig dort bin!«

Noch am selben Abend suchte sie Sir Gregor Grant im Hotel auf, um sich mit ihm und Herrn Bennett eingehend zu besprechen. Beide Herren wurden durch ihre Ankunft aufs angenehmste überrascht. Auch der Vertreter der Erbin, Rechtsanwalt Carver, wurde bei der Beratung hinzugezogen.

Am Montag Morgen war das Gerichtsgebäude von einer großen Menge belagert, die, sobald die Türen geöffnet wurden, den Saal vollständig füllte, wie ein Strom ein Wasserbecken füllt.

Dora sah in ihrem kleidsamen Reiseanzug und dem zierlichen Hütchen wie ein hübscher Schmetterling unter farblosen Motten aus. Sie saß neben Herrn Carver, der sie weit öfter zu Rate zog als die gelehrten Kollegen.

Jetzt nahm der Richter seinen Platz ein und die Verhandlung begann. Ehe aber Rechtsanwalt Carver noch das Wort ergreifen konnte, erhob sich Sir Julius Tulliver, der den Kläger vertrat, mit siegesgewisser Miene.

»Einen Augenblick, Mylord,« sagte er, sich ehrerbietig an den Richter wendend.

»Mein Klient, Sir Albert Lovel, hat heute früh ein sehr seltsames Schriftstück erhalten, eine Aufforderung unter Strafandrohung, seinen Reisesack dem Gericht vorzuzeigen. Ich erwähne dies bloß, um meinen geehrten Kollegen mitzuteilen, daß Sir Albert nebst seinem Reisesack zur Stelle ist. Erforderlichen Falles könnten wir auch noch seine Hutschachtel und seinen Mantelsack herbeischaffen.«

Im Saal entstand ein unterdrücktes Gelächter. Doch Rechtsanwalt Carver ließ sich nicht beirren.

»Ich glaube, der Reisesack wird uns genügen,« sagte er ruhig, indem er ihn zur Hand nahm. »Entschuldigen Sie mich noch einen Augenblick, Mylord.«

Carver befühlte den Sack, schüttelte ihn und wandte sich dann mit befriedigtem Lächeln an Dora.

»Sie haben recht,« flüsterte er, »es ist noch darin.«

Damit steckte er die Hand durch einen Riß in dem Seidenfutter und nahm nach einigem Suchen ein grünledernes Futteral heraus, das er auf den Gerichtstisch legte. Dann holte er auch noch ein Schreibzeug aus dem Sack.

»Ist es dasselbe?« fragte er Dora.

»Jawohl,« lautete ihre Antwort.

»Halten Sie die Verhandlung nicht länger auf, Herr Carver!« rief der Richter ungeduldig.

»Ich möchte Mylord um die Erlaubnis angehen, dem Herrn Sachverständigen noch einige Fragen vorzulegen, und bitte ihn aufzurufen,« sagte der Rechtsanwalt.

Croßcaden trat in den Zeugenstand.

»Darf ich Sie wohl ersuchen,« begann Carver mit großer Höflichkeit, die Wörter, die, wie Sie eidlich versichern, in das Testament hineingeschrieben sind, noch einmal mit der Lupe zu untersuchen und mir zu sagen, ob Sie etwas Ungewöhnliches dabei bemerken?«

»Meinen Sie in der Art, wie die Buchstaben geschrieben sind?«

»Nein, in der Beschaffenheit der Tinte.«

»Mir fällt nichts Besonderes auf,« sagte Croßcaden nach sorgfältiger Untersuchung, »außer –«

»Außer was?«

»Es sind allerlei Krümelchen in der Tinte, die wie Glas aussehen. Trotz ihrer winzigen Größe sind sie natürlich unter der Lupe deutlich erkennbar.«

»Darum handelt es sich. Ist Ihnen eine solche Tinte schon früher vorgekommen?«

»Niemals.«

»Ließe sich nach Ihrer Meinung die Sache dadurch erklären, daß jemand zerstoßenes Glas in das Tintenfaß geschüttet hat?«

»Ohne Zweifel, aber –«

»Einen Augenblick, wenn ich bitten darf.«

Carver tauchte seine Feder tief in das Tintenfaß von Sir Alberts Schreibzeug. Dann schrieb er das Wort »Fälscher« mit großen Buchstaben auf ein Blatt Papier, das er dem Sachverständigen reichte.

»Haben Sie die Güte, dies durch die Lupe zu betrachten und mir zu sagen, ob Sie auch hier winzige Glasstückchen bemerken können.«

»Jawohl, ganz deutlich. Aber wie das zugeht, kann ich nicht erklären.«

»Auf die Erklärung werden wir später zurückkommen. Bitte, sehen Sie jetzt einmal diese vergrößerte Photographie des Testaments durch Ihre Lupe an. Finden Sie hier bei den Wörtern ›Nichte Annie‹ eine Spur davon, daß die Stelle radiert und neu geschrieben worden ist?«

»Nicht die geringste.«

»Würde eine derartige Änderung in der photographischen Aufnahme zu Tage getreten sein?«

»Ganz gewiß.«

»Das genügt, Herr Croßcaden.«

»Ich verstehe, wohin Sie zielen, Herr Carver,« sagte der Richter. »Doch möchte ich wissen –«

»Entschuldigen Sie, Mylord! Darf ich Sie bitten, diesen Gegenstand zu untersuchen?« Damit händigte er dem Richter das grünlederne Futteral ein. »Ich habe es, wie Sie sehen, nicht geöffnet, nachdem ich es aus dem Sack des Angeklagten genommen habe.« Der Richter öffnete das Futteral und es fand sich darin die Form eines großen Schlüssels aus braunem Papiermaché, wie man es beim Guß von Stereotypen gebraucht.

»Was in aller Welt ist denn das?« rief der Richter, das Ding den Geschworenen zur Begutachtung hinhaltend.

»Wir hoffen, den Beweis zu führen,« sagte Carver, »daß es eine Gußform ist, die zur Nachbildung des Schlüssels gedient hat, der den eisernen Geldschrank öffnet, in dem das Testament verwahrt wurde. Ich gedenke, keine lange Rede vor Gericht zu halten, sondern nur einige Tatsachen anzuführen. Das hier gegenwärtige Fräulein Dora Myrl, die Geheimpolizistin, von der Eure Herrlichkeit wie die Geschworenen gewiß schon gehört haben, befand sich in Riversdale, als der Kläger nach dem Tode seines Onkels dort eintraf. Sie überraschte ihn, wie sie glaubte, bei der Anfertigung eines Nachschlüssels zu dem Geldschrank. Da warf er die Gußform so hastig in seinen Reisesack, daß das Futter zerriß, und so ist sie zum Glück darin liegen geblieben. Da Fräulein Myrl argwöhnte, daß eine Fälschung des Testaments beabsichtigt sei, schüttete sie gestoßenes Glas in das Tintenzeug, dessen sich der Kläger vermutlich bedienen würde. Die photographische Aufnahme erfolgte unmittelbar nach Verlesung des Testaments und, wie ich zu behaupten wage, bevor der schlaue Betrug durch den Kläger ausgeführt worden war. Dieser verweilte noch eine Woche lang im Hause und war im Besitz des von ihm angefertigten Nachschlüssels. Um dies zu beweisen, werde ich noch einige Zeugen aufrufen, und zwar zuerst den Kläger selber.«

Eine Pause entstand.

»Man rufe den Kläger herbei,« sagte der Richter.

»Sir Albert Evans Lovel!« schrie der Rufer.

Keine Antwort.

»Sir Albert Evans Lovel!« erscholl es noch lauter als zuvor.

»Mylord,« sagte einer der jüngeren Anwälte, »ich sah den Kläger sich vor wenigen Minuten durch die Seitentür entfernen, als der Beweis mit der Photographie erbracht wurde.«

»Man rufe draußen nach ihm,« befahl der Richter streng.

»Sir Albert Evans Lovel!« ertönte es vor der Tür.

Noch immer keine Antwort.

Nun wandte sich der Richter an den Vertreter der Beklagten.

»Ich glaube nicht, daß wir Sie noch weiter zu bemühen brauchen, Herr Carver,« sagte er. »Wie denken Sie darüber, meine Herren Geschworenen?«

»Wir sind einstimmig der Ansicht, Mylord,« antwortete der Obmann, »daß das Testament für gültig zu erklären ist.«

Ein Versteckspiel

Was der Maler auf seine Leinwand gezaubert hatte, war die Verkörperung einer Vision, wie sie nur dem Herzen eines Dichters entspringen kann. Nicht nur das Auge, auch die Seele des Beschauers wurde mächtig davon ergriffen. »Leben und Liebe« nannte sich das Kunstwerk und diese Bezeichnung war gut gewählt.

Auf der rechten Seite des großen Gemäldes kam ein Bach von der in Nebel gehüllten Bergspitze herabgestürzt, der immer breiter und tiefer wurde in seinem Lauf, bis er im Vordergrund als schöner, ruhiger Fluß mit kristallhellen Fluten unter dicht verschlungenem grünem Geäst dahinströmte. Vögel wiegten sich auf den Zweigen und wilde Blumen schmückten die Ufer. Mitten durch das glitzernde Wasser, auf dem Schatten und Lichter spielten, glitt ein Boot dahin, worin ein Mädchen mit ihrem Liebsten saß. Beider Blicke ruhten ineinander und seliger Glanz erhellte ihr Antlitz. Sie waren allein, ganz allein in der schönen Welt, wo nur die Liebe wohnt. Der goldene Sonnenschein, die sich kräuselnden Wellen, der Duft der Blumen und der Gesang der Vögel, das alles gehörte mit zu ihrem wonnigen Traum. Daß der Fluß den schönen Wald verließ und in einem rauheren Bette mit rascherem Lauf dem fernen Ozean zuströmte, wurden die Augen der Liebenden nicht gewahr.

So hatte denn Gottfried Morland endlich das Ziel erreicht, wonach er so lange in rastloser Arbeit gestrebt hatte. Dies Gemälde mußte die Blicke der Kunstverständigen fesseln und jedes Menschenherz ergreifen. Es war groß und kühn entworfen, denn Morlands Genie brauchte einen weiten Raum, aber dabei doch bis ins kleinste mit wunderbarer Treue ausgeführt; man sah die Flügel der Goldammer glänzen und die zarte Farbe im Kelch der Primel. Das Ganze war so voll Leben und Wirklichkeit, daß die Zweige in der klaren Luft zu hängen schienen und man unwillkürlich versucht war, sich vorzubeugen, um die Hand in das kühle fließende Wasser zu tauchen. Ein unbestimmtes Sehnen erfüllte das Herz beim Anblick der wunderlieblichen Landschaft.

Drei Jahre lang hatte der Künstler vor seiner großen Leinwand gesessen und alles im Traum geschaut. Und siehe da, nach dreijähriger geduldiger Arbeit nahm seine Vision Gestalt, Licht und Schönheit an und erschien sichtbar vor den Augen aller Welt. Wenn die ihm befreundeten Künstler in stummer Bewunderung vor seinem Bilde standen, oder wenn er selbst allein im Atelier war und sein Meisterwerk mit fast ehrfurchtsvoller Scheu betrachtete, dann beglückte ihn das Bewußtsein künstlerischer Schaffenskraft, durch die sich der Mensch der Gottheit am nächsten fühlt.

Der junge Maler erwartete von seinem Erfolg aber noch mehr als hohen Künstlerruhm. Auch Liebesglück sollte er ihm bringen. Das Gesicht des Mädchens auf dem Bilde mit den Rosenwangen und den vergißmeinnichtblauen Augen war kein bloßes Ideal. Alice Lyle hatte ihm ihr Herz geschenkt, als die Welt ihm den Rücken wandte; jetzt sollte sie auch seinen Triumph mit ihm teilen.

Kein kleinlicher Neid störte ihn im Vollgefühl seines Glückes. Alle seine Kunstgenossen freuten sich mit ihm über seinen Sieg, und am lautesten frohlockte Ernst Beauchamp, sein bester und liebster Freund. Und doch hätte man ihm etwas Eifersucht wohl zu gute halten können, denn Ernst und Gottfried hatten ihre Künstlerlaufbahn zusammen begonnen und anfänglich war es für Ernst ein Leichtes gewesen, den Freund zu überflügeln.

Beauchamp gehörte einer Schule an, die oberflächliche Anmut mit einem Zug heiteren Humors zu verbinden weiß, und da er der vornehmen Welt gefiel, hatte er sich rasch einen Namen erworben.

Durch dieses Bild, das so unmittelbar zum Herzen sprach, mußte ihm Gottfried jedoch ein für allemal den Vorrang abgewinnen.

Aber nicht in der Kunst allein war Ernst sein Nebenbuhler, sondern auch in der Liebe. Er war es, der Alice Lyle zuerst unter den Rosen ihres ländlichen Pfarrgartens entdeckt und sich auf seine lustige Art, halb im Scherz, halb im Ernst, um sie beworben hatte – bis Gottfried kam, sie sah und ihr Herz gewann.

Doch Ernsts sonniges Gemüt ließ sich dadurch nicht verdüstern. Wie er dem großen Gemälde seinen wärmsten Beifall zollte, so bestand er auch darauf, die bevorstehende Hochzeit des Freundes als sein Brautführer mitzumachen.

»Ich will Alice nicht die Möglichkeit rauben, ihre Wahl selbst im letzten Augenblick zu ändern,« sagte er scherzend. »Sie könnte sich noch am Altar eines Besseren besinnen, und da will ich zur Stelle sein und mich in Bereitschaft halten.«

Das Bild stand noch im Atelier des Malers, doch sprach man schon davon in der gesamten Künstlerwelt Londons. Die Gemäldehändler kamen scharenweise herbeigeeilt, wie Bergleute nach einer neu entdeckten Goldgrube strömen. Am eifrigsten von allen war der bekannte Kunsthändler Jakob Goldmirk, ein Mann von würdigem, gesetztem Aussehen, dessen Leben jedoch reich an Abenteuern und Aufregungen aller Art war. Er stöberte mit wunderbar glücklicher Hand berühmte Gemälde auf und erwarb die Werke alter Meister um einen Spottpreis in allen Winkeln Europas. Auch hatte er ein paar Dutzend jungen Malern zu Glück und Ansehen verholfen und besaß selbst ein großes Vermögen, das noch von Tag zu Tag wuchs.

Alle Angebote für sein Meisterwerk wies Morland zurück, bis nach der Ausstellung; der Gedanke, es herzugeben, war ihm von Herzen zuwider. Goldmirk kaufte ihm jedoch ein Schlachtgemälde ab, das der Künstler kurz zuvor gemalt hatte. Es war eine großartige Komposition von nur wenig kleinerem Format als jenes Gemälde und stellte den »Angriff der irländischen Brigade bei Fontenoy« dar. Bisher war es unverkauft geblieben, da sich die Engländer durch den Gegenstand in ihrem Stolz gekränkt fühlten. Jetzt hatte Goldmirk jedoch einen guten Preis dafür bezahlt. »Ein beliebter Künstler,« sagte er, »kann malen, was er will und findet immer Abnehmer. Sie werden jetzt gleich in die Mode kommen, mein junger Freund, das steht fest.«

Der Verkauf des Bildes wurde im Atelier durch ein kleines Abendessen gefeiert, bei dem außer Gottfried nur noch Ernst Beauchamp und Jakob Goldmirk zugegen waren. Die drei blieben bis zu später Stunde beisammen und zündeten keine Lampe an, denn das Licht des Vollmonds drang zu den großen Fenstern herein und warf einen magischen Glanz auf die Bilder rings an den Wänden.

Goldmirk befand sich in bester Laune; er schäumte über, wie der Champagner, dem er fleißig zusprach. Ernst Beauchamp dagegen war in einer etwas schwärmerischen Stimmung und stand lange am offenen Fenster, um »seine Seele im Mondlicht zu baden«, wie er sagte. Doch als es anfing, im Zimmer kühl zu werden, rief ihm Goldmirk zu, er möge das Fenster schließen und verriegeln.

»Ja, tue das,« fügte Gottfried hinzu, »sonst könnten am Ende Einbrecher kommen und mir mein Bild stehlen!«

Am nächsten Morgen fuhr Gottfried gleich nach dem Frühstück aufs Land. Er hatte versprochen, Alice abzuholen, damit sie sein Werk noch einmal im Atelier betrachten könne, ehe er es zum Einrahmen schickte.

Um elf Uhr war er von Hause fortgegangen und gegen halb Eins kam Herr Goldmirk, ihn zu besuchen.

»Ich will im Atelier auf die Rückkehr Ihres Herrn warten,« sagte der Kunsthändler zu dem Diener, der ihm erzählte, daß Gottfried auf einem Ausflug sei. Er legte seinen Überzieher ab, setzte sich bequem auf einen Stuhl vor das von ihm erstandene Schlachtgemälde, steckte seine Zigarre an und rauchte mit Behagen.

Als Gottfried zwei Stunden später mit Alice das Atelier betrat, fand er den Kunsthändler noch dort, einen dicken Katalog in der Hand und beschäftigt, die Preise der Bilder mit Bleistift zu notieren.

»Holla, Morland!« rief er aufspringend und sah den Künstler mit seinem runden, gutmütigen Gesicht von der Seite an. »Also haben Sie Ihr Meisterwerk doch schon zum Einrahmen geschickt. Entschuldigen Sie, erst jetzt sehe ich, daß Sie in Damengesellschaft sind. Gehorsamer Diener, Fräulein Lyle!«

Aber Gottfried hatte die letzten Worte bereits nicht mehr gehört. Ein rascher Blick verriet ihm, daß die Staffelei am andern Ende des Zimmers leer stand.

Sein Bild war fort!

»Mein Gott, es ist gestohlen worden!« stieß er keuchend hervor. Dabei sah er geisterbleich aus und Alice schmiegte sich zitternd an seinen Arm. Doch der scharfsinnige Goldmirk verlor die Besonnenheit nicht.

»Larifari, Morland!« rief er. »Machen Sie nur kein so verzweifeltes Gesicht, Fräulein Lyle. Ein großes Bild läßt sich nicht so leicht stehlen wie eine Briefmarke. Vielleicht hat man es nur etwas beiseite geschoben; wir wollen uns erst einmal umsehen.«

Der zuversichtliche Ton, mit dem er sprach, und seine vertrauensvolle Miene beruhigten Gottfried einigermaßen. Alle drei durchsuchten nun das Zimmer, doch ihre Hoffnung schwand bald. Das Bild ließ sich nirgends entdecken. Nur der große Blendrahmen, auf dem die Leinwand befestigt gewesen, lehnte ganz offen an der Wand. Man hatte das Bild nicht herausgeschnitten, sondern die Reißnägel entfernt und es vom Rahmen abgenommen; keine Spur der Leinwand war mehr übrig. Dicht am Fenster lag auf dem Boden ein Hammer, ein Schraubenzieher und eine scharfe Schere.

Gottfried, der ans Fenster getreten war, stieß plötzlich einen Schreckensschrei aus. Der Riegel war zurückgeschoben und vom Balkon hing ein Seil bis zur Straße hinab. An dem Seil war ein Schleifknoten, der offenbar von unten um eine der Spitzen des Eisengitters heraufgeworfen worden war. Die Art, wie man den Diebstahl verübt hatte, ließ sich somit leicht erkennen! aber wer war der Dieb? –

Gleich daraus machte Alice eine Entdeckung, die noch weit mehr Bestürzung hervorrief. Sie fand einen schönen großen Perlmutterknopf, der augenscheinlich zu dem braunen Samtwams gehörte, das Ernst Beauchamp gewöhnlich trug. Gottfried erkannte den Knopf auf den ersten Blick und nahm ihn Alice so zögernd aus der Hand, als könne er ihm die Finger verbrennen.

»Ich glaube es nun und nimmermehr!« rief er so heftig, als gelte es, eine unausgesprochene Anklage zu entkräften.

»Was glauben Sie nicht?« fragte Goldmirk, der rasch hinzutrat. Er sah den Knopf in Gottfrieds Hand mit argwöhnischen Blicken an. »Den hat wohl Herr Beauchamp von seinem Jackett verloren?«

»O nein,« rief Alice, »er hat es nicht getan! Ich kann es ihm nun und nimmermehr zutrauen.«

»Das werden wir bald sehen,« sagte Gottfried, an seinem Schreibtisch Platz nehmend.

»Was schreiben Sie da?« fragte Goldmirk.

»Ich teile Ernst mit, daß man mir das Bild gestohlen hat.«

»Halten Sie es denn aber für klug, ihn zu warnen?«

»Gewiß. Ich würde mein Leben dafür verbürgen, daß er kommt. Zugleich will ich aber auch ans Polizeiamt schreiben.«

»Warte noch einen Augenblick,« sagte Alice, ihm über die Schulter blickend. »Man hat mir so wunderbare Geschichten von der Geheimpolizistin Dora Myrl erzählt. Willst du dich nicht auch an sie wenden?«

So schrieb Gottfried denn noch einen dritten Brief, und Alice fügte die Adresse bei. Alle drei Botschaften wurden dann dem Diener übergeben, dem man befahl, eine Droschke zu nehmen, damit keine Zeit verloren gehe. Unterdessen suchte Alice weiter und fand auf dem Grund eines alten Schrankes eine Menge Streifen und Schnitzel von farbenbekleckster Leinwand, die mit einer scharfen Schere durchschnitten worden war. Einen Augenblick überlief es Gottfried kalt bei dem Gedanken, daß sein großes Gemälde in Stücke geschnitten worden sei. Aber bei näherer Betrachtung stellte sich heraus, daß die Schnitzel kaum den zwanzigsten Teil des Bildes ausmachen würden, und man ließ sie ruhig liegen, wo sie waren.

Ernst Beauchamp kam zuerst hereingestürzt, bleich und ganz außer sich vor Erregung.

»Gestohlen!« rief er atemlos. »Wie ist denn das möglich? Es war ja noch da, als wir gestern hier zu Abend aßen. Wer ist denn seitdem im Atelier gewesen?«

»Ich,« sagte Goldmirk, sich zornig zu ihm wendend. »Zwei Stunden lang war ich hier, von zwölf Uhr an, bis Morland um zwei Uhr wiederkam. Ich habe das Zimmer keinen Augenblick verlassen. Der Diener kann es mir bezeugen.«

»Wozu das?« rief Ernst. »Niemand beschuldigt Sie, das Bild gestohlen zu haben.«

»Aber jemand hat es doch gestohlen,« sagte Goldmirk in anzüglichem Ton.

»Was wollen Sie damit sagen?«

Statt der Antwort deutete Goldmirk nach dem Perlmutterknopf, der auf dem Tisch lag. »Dies hier hat sich auf dem Fußboden im Atelier gefunden.«

Ernst wurde bleich und fuhr zusammen: »Mein Knopf!« stieß er keuchend heraus.

»Das Fenster war offen und ein Seil hing vom Balkon herab,« fuhr der Kunsthändler erbarmungslos fort.

»Gottfried – Alice – ihr werdet doch das nicht glauben?« rief Ernst entrüstet, und es klang wie ein Schluchzen aus seiner Stimme.

Bevor er noch eine Antwort erhielt, ging die Tür auf und der Polizeiinspektor Worral trat ein. Er schüttelte Goldmirk die Hand wie einem alten Bekannten; alle Welt kannte ja den Kunsthändler Goldmirk – und verbeugte sich vor den andern.

»Wir wollen sogleich an unser Geschäft gehen, wenn Sie nichts dagegen haben,« sagte der Inspektor lebhaft.

Mit methodischer Genauigkeit merkte er sich die verschiedenen Anhaltspunkte und Tatsachen, die ihm Goldmirk berichtete: alle einzelnen Vorkommnisse während des Abendessens, seinen eigenen Besuch im Atelier, das Verschwinden des Bildes und die verschiedenen Entdeckungen, die gemacht worden waren. Nur die zerschnittenen Leinwandstreifen erwähnte er nicht, weil niemand ihnen irgend welche Bedeutung beilegte.

Der Inspektor trat mit dem Perlmutterknopf in der Hand ans Fenster und untersuchte die Riegel.

»Von außen hat man es unmöglich aufmachen können, das ist klar,« sagte er; »stand es denn gestern abend offen?«

Gottfried mußte plötzlich an Ernsts »Bad im Mondlicht« denken, schwieg aber.

Beauchamp indes sagte ohne Zögern: »Ich war selber eine Weile am offenen Fenster; dann aber habe ich es zugemacht und verriegelt. Sie müssen sich doch noch daran erinnern, Goldmirk, und auch du, Gottfried?«

»Ich entsinne mich wohl, daß Gottfried Sie bat, die Riegel gut zuzumachen,« sagte Goldmirk bedächtig.

Der Inspektor trat von einem Fuß auf den andern und hustete verlegen. »Hoffentlich wird sich alles in befriedigender Weise aufklären,« sagte er, »daran zweifle ich gar nicht. Aber so wie die Sachen stehen, ist es meine Pflicht, Herr Beauchamp, Sie in Haft zu nehmen.« Und er legte dem jungen Maler seine Hand auf die Schulter. »Sie brauchen keinerlei Aussagen zu machen,« fuhr er in einförmigem Geschäftston fort, »denn was Sie äußern, könnte möglicherweise zu Ihrem Nachteil –«

»Erlauben Sie einen Augenblick, Herr Inspektor,« ließ sich hier eine klare, wohllautende Stimme vernehmen, und eine zierliche junge Dame trat am andern Ende des Zimmers hinter den Bildern hervor. Sie trug einen einfachen, aber kleidsamen Anzug aus dunklem Tartan, den eine leichte Spitzenrüsche am Halse abschloß, und ein Matrosenhütchen mit buntem Band.

»Fräulein Myrl!« rief Worral in höflichem, fast ehrerbietigem Ton, obgleich ihr plötzliches Erscheinen ihn nicht gerade angenehm zu überraschen schien.

»So heiße ich,« sagte sie freundlich, doch zuckte es dabei etwas spöttisch um ihre Lippen. »Ich konnte nicht gleich abkommen, da ich erst noch ein paar dringende Briefe zu schreiben hatte; doch bin ich dem Diener auf meinem Fahrrad gefolgt. Als ich eintrat, waren Sie alle so beschäftigt, daß Sie mich nicht kommen hörten; ich wollte die Unterredung nicht stören und habe nur Augen und Ohren offen gehalten.«

»Und was ist Ihre Ansicht, Fräulein Myrl!« fragte Worral zögernd.

»Ich bin noch nicht ganz entschieden, erst muß ich mich selber umsehen.« Sie warf einen Blick auf Hammer, Schere und Schraubenzieher, die auf dem Tische lagen, nahm den Perlmutterknopf in die Hand und lehnte sich über den Balkon hinaus, um das Seil zu untersuchen. Das alles geschah nur wie im Fluge. Dann schritt sie nach dem Kamin hin, betrachtete die

Asche und zog ein paar halbverkohlte Leinwandstückchen heraus, auf denen Farbenkleckse waren. Diesen widmete sie eine so große Aufmerksamkeit, daß Alice schüchtern bemerkte: »Dort unten im Schrank habe ich noch eine ganze Menge ähnlicher Stücke gefunden.«

»So!« sagte Dora rasch. »Davon weiß ich ja gar nichts!«

Mit großem Eifer wühlte sie nun unter dem Häufchen von Leinwandschnitzeln, das ihr Alice zeigte. Schließlich warf sie alles heraus auf den Fußboden des Ateliers und fing an, die Stückchen zusammenzusetzen. Unter ihren geschickten Fingern nahmen sie rasch eine bestimmte Form an, und bald kniete Alice neben ihr auf dem Boden und half ihr, ohne ein Wort zu sagen, während die vier Männer als stumme Zeugen dabeistanden. Die Leinwandstreifen schienen ganz absichtlich kurz und klein geschnitten zu sein, aber die Ränder und Ecken dienten den Mädchen als Fingerzeig bei der Arbeit. Allmählich bildete sich aus den aneinandergepaßten Stücken die auf dem Fußboden ausgebreitete Form eines großen, etwa drei Zoll breiten Bilderrahmens, der nur an den Stellen, wo die Leinwand halb verbrannt war, Lücken zeigte.

Mit triumphierendem Blick sprang Dora in die Höhe.

»Nun,« scherzte Inspektor Worral, »haben Sie das Bild gefunden?«

»Freilich habe ich es gefunden,« erwiderte sie lächelnd.

Alle sahen sich mit unverhohlener Verwunderung in dem Atelier um.

»Gedulden Sie sich nur einen Moment!« sagte Dora. »Zuerst wollen wir uns mit diesen Dingen hier, dem Hammer, der Schere und dem Schraubenzieher beschäftigen. Weshalb sollte der Dieb die Instrumente wohl liegen gelassen haben, wenn er das Bild fortgeschafft hätte?«

»Sie meinen wohl, als er das Bild fortschaffte, Fräulein Myrl?«

»Auf die Worte kommt es so genau nicht an. Aber betrachten Sie einmal das Seil, Herr Inspektor. Sehen Sie, wie weich der Schleifknoten ist. Hätte sich ein Mann daran hinuntergelassen, so würde der Knoten steinhart sein.«

»Also glauben Sie wirklich –«

»Bitte, warten Sie. Zunächst kommt der Knopf an die Reihe. Dieser Punkt wird Ihnen am meisten einleuchten,« sagte sie, Alice zulächelnd. »Der Knopf ist nicht von selbst abgefallen, sondern abgeschnitten worden. Die Fäden stecken noch fest in den Löchern. Es läßt sich aber doch kaum annehmen, daß Herr Beauchamp seine eigenen Knöpfe abgeschnitten haben sollte, um sie im Atelier seines Freundes umherzustreuen, aus dem ein Bild gestohlen worden ist. Nun komme ich zu der Leinwand. Es wird ›heiß‹, wie die Kinder beim Versteckspiel sagen. Wären die zerschnittenen Streifen ganz bedeutungslos, so würde sich ein gewisser jemand nicht vergeblich bemüht haben, sie zu verbrennen, ehe er sie in den Schrank warf. Bitte, Herr Morland, sehen Sie einmal diesen Leinwandrahmen an und sagen Sie mir, ob er nicht ungefähr so groß ist wie das verlorene Bild? Ich habe Ihr Kunstwerk nie gesehen, wie Sie wissen; doch hoffe ich jetzt, bald dies Vergnügen zu haben. Der äußere Umfang muß, glaube ich, genau damit übereinstimmen. Aber ich will Sie nicht länger im unklaren lassen. Reichen Sie mir gefälligst den Schraubenzieher und den Hammer, die heute zum zweiten Male Dienste tun müssen.«

Mit den Instrumenten in der Hand trat Dora an das große Schlachtgemälde, welches Herr Goldmirk gekauft hatte, setzte sich auf den Stuhl, der noch davor stand, nahm die Reißnägel heraus und löste die Leinwand ab. Dahinter erschien auf dem Blendrahmen das gestohlene Bild sauber aufgezogen und an den Ecken abgerundet, damit diese nicht hervorsehen sollten.

»Aber,« rief Morland in maßlosem Erstaunen, »das Bild gehörte ja Goldmirk und sollte ihm zugeschickt werden. Da wäre mein Gemälde einfach mitgewandert. Also muß es doch Goldmirk gewesen sein –«

Er sah sich nach dem Kunsthändler um, aber der war inzwischen wohlweislich »verduftet«.

Gewogen und zu leicht erfunden.

»Es ist wirklich eine ganz ungewöhnliche Geschichte, Fräulein Myrl. Aber natürlich haben Sie sich an wunderbaren Ereignissen schon vollständig übersättigt.«

»Da sind Sie sehr im Irrtum, Doktor Stewart. Sie wissen ja, der Appetit kommt beim Essen. Mein Hunger nach Aufregungen wird nie gestillt.«

»Aber Ihr ganzes Leben besteht doch nur aus sonderbaren Geschichten.«

»Viele von meinen Geschichten haben leider keinen Schluß.«

»Und ich dachte, sie endeten immer glücklich; von einem Mißerfolg sei nie die Rede.«

»Da irren Sie sich sehr. Natürlich scheitern meine Bemühungen oft; aber solche Fälle behalte ich für mich. Nur meine Triumphe bringe ich vor die Öffentlichkeit. Doch Sie schweifen von der Frage ab, um die es sich handelt. Was wollten Sie mir denn Wunderbares erzählen?«

»Ach, Sie werden sich nur unnütz den Kopf damit zerbrechen!«

»Das schadet nichts; auch merke ich längst, daß Sie vor Begierde brennen, es mir anzuvertrauen. Ich wette, Sie sind zu keinem andern Zweck hergekommen.«

»Sie haben es erraten,« sagte er lachend und doch nicht wenig betroffen über den Scharfsinn des jungen Mädchens. »Ihnen gegenüber sind alle diplomatischen Winkelzüge vom Übel. Geben Sie nur noch eine Tasse Tee, dann sollen Sie meine Geschichte hören, so weit sie bis jetzt gediehen ist; hoffentlich wird sie noch nicht zu Ende sein. – Ich weiß nicht, ob Sie zufällig einmal von dem Generalmajor Sir Anthony Collingwood gehört haben?«

»Versteht sich. Erst vorgestern abend sah ich ihn in Gesellschaft – ein graubärtiger Fünfziger, so stark und brummig wie ein Bär.«

»Kennen Sie auch seinen Neffen Alan?«

»Jawohl; er ist ein liebenswürdiger junger Mann.«

»Nun gut. Vor etwa zwei Monaten trat Alan Collingwood, mit dem ich von der Schule und der Universität her befreundet bin, ganz unerwartet zu mir ins Zimmer. Ich glaubte ihn weit weg in Indien.

»Ich möchte dich bitten, deine Schneidekunst an mir zu erproben, alter Junge,‹ sagte er, sobald wir uns die Hand geschüttelt hatten.

»Eine Operation?‹ fragte ich.

»Ja, man könnte es wohl so nennen.‹

»Du treibst Scherz mit mir, Alan. Kein Rennpferd kann frischer und munterer aussehen als du.‹

»Nein, es ist mein bitterer Ernst. Sieh her!‹

»Damit krempelte er Rock- und Hemdärmel um und zeigte mir in dem fleischigen Teil seines muskulösen Armes eine zwei bis drei Zoll lange geheilte Narbe.

»Ich sah ihn verwundert an.

»Fühle einmal,‹ sagte er kurz.

»Alle Wetter!‹ rief ich erstaunt, denn mir war die Sache unerklärlich. Die Narbe schien von keiner Schußwunde herzurühren, und doch konnte ich die Kugel ganz deutlich zwischen den Muskeln des Oberarms fühlen.

»Alan nickte befriedigt. ›Ja, ja, da drin steckt das Ding,‹ sagte er. ›Kannst du's mir herausschneiden?‹

»Hast du viele Schmerzen?‹

»Gar keine. Aber es muß heraus.‹

»Das ist leicht geschehen. Doch wird es etwas wehtun. Willst du dich chloroformieren lassen?‹

»Fällt mir nicht ein. Ich werde meine Augen offen halten und die Zähne aufeinander beißen. Als ich das Ding in den Arm bekam, habe ich auch kein Chloroform genommen.‹

»Ich hielt das für einen guten Witz und lachte darüber, doch was er damit sagen wollte, wurde mir erst später klar. ›Wann möchtest du die Operation vornehmen lassen?‹ fragte ich.

»Gleich jetzt, wenn du Zeit hast.‹

»Fürchten Sie nur nicht, Fräulein Myrl, daß ich Ihnen die Operation ausführlich beschreiben werde. Alan ertrug sie übrigens wie ein Held und verzog keine Miene. Ich machte einen scharfen Einschnitt in das weiche Fleisch und holte die ›Kugel‹ mit meiner Zange heraus. Ihre sonderbare Form war mir gleich aufgefallen, doch legte ich sie achtlos beiseite und verband die Wunde sorgfältig, damit sie wieder ebensogut zuheilen solle wie das erste Mal; dabei fiel mir auf, daß Alan kein Auge von der Kugel verwandte, die auf dem Tisch lag; auch lächelte er so sonderbar, daß ich glaubte, er wünsche sie als Andenken an den Vorfall aufzubewahren. So nahm ich sie denn wieder zwischen die Zange und tauchte sie, um das Blut abzuwaschen, in einen Napf mit lauwarmem Wasser. Was ich wieder zum Vorschein brachte, war – der herrlichste Diamant, den ich je gesehen habe.

»›Gib ihn mir her, alter Junge!‹ rief Alan, der über mein erstauntes Gesicht herzlich lachen mußte.

»Nun erfuhr ich die ganze Geschichte: Vor einem halben Jahr hatte der Generalmajor Collingwood das Glück gehabt, dem Rajah von Singapore in einem entlegenen Bezirk Indiens das Leben zu retten. Ein Tiger hatte den Rajah zu Boden geworfen und wollte ihn gerade zerfleischen, als Sir Anthony dazukam, dem Untier kaltblütig die Mündung seines Gewehrs ans Ohr setzte und ihm ein tüchtiges Loch durch den Schädel schoß. Die Collingwoods sind keine Hasenfüße.

»Des Rajahs Dankbarkeit war außergewöhnlich. Er schenkte Sir Anthony einen wundervollen Diamanten, den er zu dem Zweck einem hölzernen Götzenbild abgenommen hatte. Doch es war ein gefährlicher Besitz, denn die Eingeborenen machten wohl ein halbes Dutzend verschiedene Versuche, dem Generalmajor das Kleinod zu rauben; zweimal kam er nur knapp mit dem Leben davon.

»Zufällig reiste Alan um diese Zeit auf Urlaub nach England zurück und erbot sich, den Diamanten mitzunehmen und zu verkaufen.

»Sir Anthony wollte anfänglich nichts davon hören. ›Wie gedächtest du ihn zu verbergen?‹ fragte er.

»›Das ist meine Sache, Onkel,‹ erwiderte Alan. ›Jedenfalls würde ich ihn so verstecken, daß die Kerle ihn nicht finden sollten.‹

»›Nun, so nimm ihn denn und gib gut acht darauf,‹ sagte Sir Anthony endlich. ›Für dich hat die Sache ja im Grunde die größte Wichtigkeit.‹ Mit dem Erlös des Diamanten sollte nämlich eine Hypothekenschuld abbezahlt werden, die auf dem Familiengut lastet, welches Alan dereinst als Erbe zufallen wird.

»›Ich will das Kleinod hüten, als wäre es ein Stück von mir,‹ versetzte Alan lachend.

»Der Regimentswundarzt war sein guter Freund – jeder, der Alan kennt, muß ihn ja liebhaben – und den beredete er, den Diamanten an der Stelle zu verbergen, wo ich ihn gefunden habe. Der scharfe Messerschnitt war schon nach Ablauf einer Woche wieder heil, und die Inder fanden den Edelstein wirklich nicht, obgleich Alan auf der langen Reise zur Küste zweimal überfallen und bis auf die Haut durchsucht wurde.

»So brachte er denn das Kleinod glücklich nach England, und in meinem Studierzimmer kam es zum ersten Male wieder ans Licht.

»Zunächst galt es nun, den Diamanten zu verkaufen, und da Alan in dergleichen unerfahren war wie ein Kind, fragte er mich um Rat. Ich kannte zufällig einen Diamantenhändler namens Solomon – vielleicht haben Sie auch schon von ihm gehört, Fräulein Myrl?«

»Jawohl.«

»Sie scheinen wirklich alle Welt zu kennen. Da werden Sie auch wohl wissen, daß Solomon im Ruf eines sehr freigebigen Geschäftsmanns steht; er zahlt stets die höchsten Preise für alle Arten von Edelsteinen, dem Gewicht nach. Dabei kann er als lebendiges Beispiel gelten für die Wahrheit des Sprichworts: ›Ehrlich währt am längsten‹, denn er ist ungeheuer reich.

»Auf meinen Rat hin ging Alan mit mir zu Solomon. Der alte Händler wog den Diamanten sorgfältig in unsrer Gegenwart. Dieser war gerade neunundvierzig Karat schwer. Solomon gab bereitwillig zu, daß es ein Brillant vom reinsten Wasser und vollendet schöner Form sei, und händigte Alan auf der Stelle einen Scheck über fünftausendsiebenhundert Pfund ein, was der höchste Preis für das Gewicht war.

»Den Scheck trug Alan zum Bankier seines Onkels und schickte diesem Herrn Solomons Quittung, worauf der Preis und das Gewicht verzeichnet waren. Der Brief kreuzte sich mit einem Schreiben des Generalmajors, der seinem Neffen ankündigte, daß er gleichfalls Urlaub erhalten habe und nächstens nach England abzureisen gedenke.

»So weit war alles ganz glatt gegangen. Jetzt kommt aber der häßlichere Teil der Geschichte. Vor etwa vierzehn Tagen kam Sir Anthony Collingwood ohne alles weitere, mit der Quittung in der Hand, zu seinem Neffen ins Zimmer gestürzt, während dieser beim Frühstück saß, und schalt ihn einen Betrüger, der seiner Familie und seiner Uniform die größte Schande bereite. Alan sagte mir, daß er jeden andern, der ihn so beschimpft hätte, auf der Stelle zu Boden geschlagen haben würde. Aber er hatte seinen Onkel stets wie einen Vater verehrt und tat sich großen Zwang an, um seine Ruhe zu bewahren. Diese Kaltblütigkeit steigerte noch Sir Anthonys Wut; doch faßte er sich endlich so weit, daß er den Grund seiner Entrüstung kundtun konnte. Er hatte nämlich selbst den Diamanten in Indien sorgfältig auf der feinen Medizinalwage in seinem Arzneikasten gewogen und sich überzeugt, daß er fünfundsechzig Karat schwer war. In Bezug auf den Wert des Steins macht das, wie Sie wissen werden, Fräulein Myrl, einen sehr wesentlichen Unterschied; denn der Preis der Diamanten nimmt mit dem Gewicht mindestens in geometrischer Progression zu, ja bei den größeren sogar in kubischer. Falls Sir Anthony recht hatte, würde der Diamant statt fünftausendsiebenhundert zwischen achtzehntausend und zwanzigtausend Pfund wert gewesen sein.«

»Jawohl, jawohl,« sagte Dora etwas ungeduldig. »Ich glaube mich einigermaßen auf Diamanten zu verstehen. Erzählen Sie mir nur, was weiter geschehen ist, Ihre Geschichte fängt an, interessant zu werden.«

»Alan hörte ihm zu, ohne ein Wort der Erwiderung; dann klingelte er und schickte einen Boten, um mich herbeizuholen. Ich fand die beiden Männer mit finsterer Miene an den entgegengesetzten Enden des Zimmers in zwei Lehnstühlen sitzen.

»›Stewart,‹ sagte Alan, ›hier ist mein Onkel, der Generalmajor Sir Anthony Collingwood.‹

»Ich verbeugte mich, während Sir Anthony sich damit begnügte, steif zu nicken.

»›Mein Onkel,‹ fuhr Alan mit Selbstüberwindung in demselben ruhigen Ton fort, ›tut mir die Ehre an, mich einen Betrüger zu nennen. Der verfluchte Diamant ist schuld daran,‹ rief er in plötzlicher Zornesaufwallung. ›Hätte ich ihn doch nie mit einem Finger berührt.‹

»›Das wäre auch viel besser gewesen,‹ grollte der Onkel.

»›Stewart,‹ sagte Alan, ›tue mir die Liebe an und erzähle meinem Onkel die ganze Geschichte.‹

»›Darf ich fragen,‹ sagte der Generalmajor, mich mit kalten Blicken betrachtend, ›wer der Herr ist – vermutlich einer deiner Freunde.‹

»Mich ärgerte seine Art und Weise nicht wenig, doch biß ich mir auf die Lippen, um ruhig zu bleiben, denn ich sah wohl, daß zwischen Onkel und Neffen etwas vorgefallen war und ich Frieden stiften sollte.

»So nannte ich denn meinen Namen und Titel nebst meiner Wohnung mit großer Gelassenheit.

»›Vermutlich wird Onkel sagen, das sei alles erlogen, Stewart,‹ rief Alan in erbittertem Ton. ›Du bist nämlich der Freund eines Betrügers, mußt du wissen.‹

»›Ich bitte Sie um Entschuldigung, Herr Doktor,‹ sagte Sir Anthony mit etwas steiferer, altväterischer Höflichkeit, ›wenn ich Sie durch mein Wesen beleidigt haben sollte. Können Sie mir eine genügende Erklärung dieser fatalen Angelegenheit geben, so wäre es mir ein großer Gefallen.‹

»Sofort fing ich an, die Geschichte zu erzählen, und meine drastische Beschreibung der Art, wie der Diamant versteckt und gefunden worden war, verfehlte ihren Eindruck nicht. Sein Zorn besänftigte sich und ich sah ihn bewundernde Blicke auf seinen Neffen werfen, der es indessen hartnäckig vermied, dem Auge des Onkels zu begegnen. Sobald ich jedoch auf den Verkauf zu sprechen kam, verdüsterte sich Sir Anthonys Miene wieder.

»Also Ihr Herr Solomon steht im Ruf eines ehrlichen Händlers?‹ fragte er in scharfem Ton.

»Er gilt sogar für äußerst uneigennützig und freigebig.‹

»Sie haben meinen Neffen begleitet, als er ihm den Diamanten zuerst zeigte?‹

»Nein, aber ich war bei dem Verkauf zugegen und sah, wie der Edelstein gewogen und das Gewicht notiert wurde.‹

»So!‹

»Meine Antworten bestärkten ihn offenbar in seinem Argwohn‹, wodurch – das war mir unerklärlich.

»Könnte ich Herrn Solomon vielleicht selber sprechen?‹ fragte er nach einer Pause.

»Versteht sich, ich werde Sie mit Vergnügen zu ihm führen. Aber offen gestanden, möchte ich zuvor gern wissen, um was es sich eigentlich handelt.‹

»Habe ich es dir nicht schon gesagt?‹ fiel Alan heftig ein. ›Ich habe meinen Onkel bei dem Verkauf des verfluchten Diamanten betrogen.‹

»Je mehr sich Alan erhitzte, um so ruhiger wurde Sir Anthony. Er gönnte seinem Neffen kein Wort und keinen Blick mehr, sondern ging schweigend mit mir zur Tür hinaus.

»Lebe wohl, Onkel,‹ rief ihm Alan höhnisch nach, denn seine Geduld war zu Ende. ›Du wirst mich noch einmal für dies alles um Verzeihung bitten.‹

»Das will ich tun, wenn ich unrecht habe; doch wenn ich recht behalte, werde ich dich verstoßen,‹ sagte der andre voll Ingrimm.

»Wir schritten auf der Straße eine Weile schweigend nebeneinander her. Endlich fragte Sir Anthony: ›Wann werden Sie Zeit haben, mich zu diesem Herrn – wie heißt er doch? – der den Diamanten gekauft hat, zu begleiten?‹

»Wir sind auf dem Wege dorthin.‹

»Aber Ihre Patienten?‹

»Die müssen warten. Dies Geschäft geht allem andern vor. Ihr Neffe ist mein Freund, Sir Anthony.‹

»Wir gingen nun rasch weiter. ›Herr Doktor,‹ sagte der Generalmajor nach einer Pause mit großem Nachdruck. ›Sie dürfen mich nicht für eine indische Pfefferbüchse halten, für einen Menschen, der kein Herz im Leibe hat. Ich weiß wohl, ich habe dies Ding ganz verkehrt angefangen. Aber nur ist die Geschichte während der ganzen Überfahrt im Kopf herumgegangen, und da hat mich jetzt der Zorn übermannt. Es kränkt mich viel zu tief, als daß ich noch weitläufig darüber reden möchte. Ich habe meinen Neffen immer wie einen Sohn geliebt und bin stolz auf ihn gewesen. Meinetwegen soll der Henker den Diamanten samt dem Gelde holen, wenn ich nur meinen Verdacht gegen Alan wieder loswerden könnte.‹

»Das soll geschehen,‹ erwiderte ich zuversichtlich.

»Herr Solomon empfing uns sehr höflich und zeigte uns den Diamanten mit großer Bereitwilligkeit; nur wollte er ihn nicht aus der Hand geben. ›Ich mache mir das zur unumstößlichen Regel,‹ sagte er, ›und Sie dürfen es nicht als ein Zeichen von Argwohn betrachten.‹

»Er wog den Diamanten in unsrer Gegenwart, nachdem er uns die Wagschalen und Gewichte hatte untersuchen lassen. Der Diamant war eine Kleinigkeit weniger als neunundvierzig Karat schwer.

»Die ganze Zeit über sprach Sir Anthony kaum ein Wort und machte das Geschäft mit scheinbarer Gelassenheit ab. Als wir wieder auf der Straße waren, gab er zu, daß der Diamant, was die Form betraf, genau so aussah wie der, den ihm der Rajah geschenkt hatte.

»Mir kam er etwas kleiner vor,‹ sagte ich unbedachtsam. Im nächsten Augenblick hätte ich das Wort gern zurückgenommen.

»Das ist auch meine Ansicht,‹ fiel er rasch und hitzig ein. ›Der Stein ist vertauscht worden, bevor er gewogen wurde, und das hat sich schwerlich bewerkstelligen lassen, ohne daß mein Neffe dabei beteiligt war.‹

»Letzte Woche wurde der Diamant abermals gewogen; auch Alan und mehrere Sachverständige waren zugegen. Mein Freund sprach seine Überzeugung aus, daß es derselbe Edelstein sei, den er von seinem Onkel erhalten und dem Händler verkauft habe. Diesmal sah er mir auch so aus; doch da ich unglücklicherweise neulich Sir Anthony gegenüber schon meine Zweifel geäußert hatte, konnte das nichts mehr nützen.

»Verzeihen Sie, Fräulein Myrl, wenn ich Sie mit meinem weitläufigen Bericht langweile. Glücklicherweise bin ich jetzt gleich zu Ende.

»Sir Anthony beharrt darauf, daß sein Diamant auf jeden Fall fünfundsechzig Karat gewogen hat; dieser wiegt aber nur neunundvierzig. Folglich kann es nicht derselbe sein und irgend eine Betrügerei muß vorliegen. Der cholerische alte Herr geriet gestern abend in Alans Wohnung ganz außer sich; er beschwor seinen Neffen mit Tränen in den Augen, die Schuld einzugestehen, und versprach, sie ihm zu vergeben. Darauf forderte ihn Alan auf, sein Zimmer zu verlassen.

»So stehen die Dinge jetzt und sie könnten kaum schlimmer aussehen. Die gegenseitige Erbitterung der beiden ist umso größer, weil sie einander von Herzen lieb haben und dabei über die Maßen stolz sind.«

Dora Myrl hatte schon längst nicht mehr zugehört. Sie saß volle fünf Minuten mit zusammengepreßten Lippen und gerunzelter Stirn schweigend da.

»Was halten Sie davon?« fragte sie auf einmal.

»Ich würde mit meinem Leben für Alans Ehre bürgen.«

»Das wird uns nicht viel helfen.«

»Mehr kann ich nicht tun. Und Sie?«

Dora lächelte; sie strahlte über das ganze Gesicht.

»Ich glaube wohl, daß ich noch mehr tun kann; ja, ich bin meiner Sache fast sicher. Doch kommt es noch auf die Probe an. Würden Sie es wohl so einrichten können, daß uns Herr Solomon noch einmal vorläßt?«

»Das glaube ich gewiß, obgleich er etwas ärgerlich über die Geschichte ist.«

Die Zusammenkunft wurde auf den übernächsten Tag verabredet. Wie Doktor Stewart berichtete, hatte Solomon nichts dagegen einzuwenden gehabt. Sir Anthony wünschte sehr, dabei zu sein, aber Alan weigerte sich hartnäckig und war in der verdrießlichsten Stimmung. »Mir wäre es lieber,« sagte er, »wenn ich gleich auf die Anklagebank käme und die Geschichte ein für allemal los würde.«

Zuletzt ließ er sich doch überreden, mitzugehen.

Bei ihrer Ankunft fanden sie Herrn Solomon in seinem geräumigen Bureau im Erdgeschoß, das auf der Rückseite des Hauses lag. Ein breiter, schön polierter Ladentisch aus Mahagoniholz teilte den Raum der Länge nach in zwei Teile. Die vordere Abteilung war mit einem dunklen Teppich belegt, auch standen ein Sofa darin und mehrere Stühle. Hinter dem Ladentisch saß Herr Solomon auf einem hohen Sessel; er hatte die Wage vor sich und ein scharfes Vergrößerungsglas. Rechts von ihm stand der eiserne Geldschrank und links ein kleines amerikanisches Rollbureau und ein Bücherschrank an der Wand.

Solomon war ein schöner, etwa siebzigjähriger Greis von ehrwürdigem Aussehen mit langem, weißem Bart und buschigen Brauen, unter denen seine großen, dunklen Augen mit mildem Glanz auf die sündhafte Welt herabschauten.

Er empfing die Ankömmlinge mit etwas kühler Höflichkeit und schob ihnen die Wage samt den Gewichten, ohne ein Wort zu sagen, über den Ladentisch hin, damit sie beides untersuchen und prüfen könnten.

Die Wage war aufs feinste gearbeitet; die Schalen aus blankem Stahl waren mit dünnem Golddraht an dem Wagenbalken befestigt, der sich um eine diamantene Achse drehte.

Sie kam aus dem Gleichgewicht, wenn man auch nur ein Haar in die Schale legte, so daß die andre klappend auf den Tisch schlug. Nachdem man sie sorgfältig geprüft und mit einer andern Wage verglichen hatte, die zu dem Zweck mitgebracht worden war, schob man Solomon seine Wage wieder hin. Er schloß nun den eisernen Geldschrank auf, nahm den Diamanten heraus und legte ihn in eine der Wagschalen. In die zweite tat er langsam ein Gewicht nach dem andern; bei neunundvierzig Karat hob sich die Schale mit dem Diamanten und die andre schlug auf die Tischplatte.

Dora Myrl stand der Wage gegenüber und stützte die Hand, in der sie den Sonnenschirm hielt, auf den Tisch. Ein wunderhübsches Hütchen mit roter Feder saß ihr keck auf dem glänzenden, welligen Haar; dazu trug sie ein prächtiges Kleid aus grüner, gewässerter Seide, das reich mit Jet- und blanken Stahlperlen besetzt war, und sah ganz wie eine moderne Weltdame aus. Doktor Stewart bemerkte, daß sie sowohl für die Prüfung der Wage als für die Feststellung des Gewichts des Diamanten nur geringe Aufmerksamkeit hatte. Zerstreut zupfte sie am Besatz ihres Kleides, wobei eine der Quasten zerriß und ihr lose in der Hand blieb. Sie legte sie auf die Mahagoniplatte, als die Wagschale mit den Gewichten eben den Tisch berührte. Die Jetperlen blieben ruhig liegen, aber die kleinen Stahlperlen rollten rasch über die polierte Platte und verschwanden unter der Wagschale.

Das alles geschah so still und scheinbar absichtslos, daß niemand es bemerkte, außer Herrn Solomon. Als die Stahlperlen unter der Schale verschwanden, schlug Dora ihre scharfen, leuchtenden Augen zu dem Händler auf und sah ihn mit bedeutsamen Blicken an. Da bedeckte sich sein Gesicht plötzlich mit geisterhafter Blässe und die zitternden Hände fielen ihm schlaff zur Seite nieder.

Mit der Krücke ihres Sonnenschirms zog Dora die Wage samt den Gewichten und dem Diamanten auf der Tischplatte zu sich herüber.

Solomon sah es stumm und regungslos mit an.

»Nun wollen wir den Diamanten noch einmal wägen,« sagte Dora mit Entschiedenheit.

Man tat es, und siehe da – der Diamant wog volle fünfundsechzig Karat!

Stumm vor Staunen sahen die Anwesenden einander an. Doktor Stewart nahm zuerst das Wort: »Ich begreife aber nicht –« begann er.

Dora deutete auf das Häufchen kleiner Stahlperlen, die jetzt dicht beisammen auf dem glatten Mahagonitisch lagen.

»Ein starker Magnet ist von unten her in die Tischplatte eingelassen,« sagte sie. »Es liegt nur ein ganz dünnes Fournier darüber, das ihn verbirgt.«

Sir Anthony warf keinen Blick auf den Diamanten; etwas ganz andres lag ihm im Sinn.

»Verzeih mir, Alan,« sagte er, sich zu seinem Neffen wendend.

»Von Herzen gern, Onkel.« Und sie schüttelten einander die Hand.

Künstliche Flügel.

»Ist es wirklich wahr?« fragte Dora, während sie sich mit ihrem Tänzer im Takte nach der schmachtenden Walzermelodie drehte, die im Saal erklang.

»Was denn?« fragte Ernst Fairleigh.

»O, das wissen Sie doch. Spannen Sie mich nicht auf die Folter; ich vergehe fast vor Neugier. Da – jetzt hört die Musik auf, zur Strafe dafür, daß Sie sich so unschuldig stellen. Nein – tanzen mag ich nicht mehr; lassen Sie uns lieber zusammen plaudern. Wir wollen irgendwohin gehen, wo mich kein Tänzer entdeckt!«

»Mit dem größten Vergnügen. Kommen Sie in den Wintergarten!«

Während die beiden langsam durch den Ballsaal schritten, folgten ihnen viele Blicke, denn sie waren zwei Berühmtheiten in ihrer Art. In demselben Jahr, als Dora ihr Doktorexamen machte, war Ernst Fairleigh in Cambridge Bakkalaureus geworden; man hatte ihm allgemeine Bewunderung gezollt und die Universität war stolz auf ihn.

Fairleigh hatte eine sehr vielseitige Begabung. Beim Cricketspiel und beim Bootfahren zeichnete er sich nicht weniger aus als vor der Prüfungskommission. Die Natur hatte sich ihm besonders großmütig erwiesen und ihm nicht nur einen klaren Kopf, ein wackeres Herz, ein reges Blut, sondern auch vollkommen gesunde Gliedmaßen verliehen. Was er tat, betrieb er stets mit ganzer Seele, mochte es Arbeit sein oder Spiel. Auf der Universität hatte er sich in allen Gebieten des Wissens umfassende Kenntnisse erworben. Seit seinem Abgang wandte er sich aber vorzugsweise der angewandten Mathematik und Mechanik zu. Seine bedeutenden Leistungen aus diesem Felde fanden die größte Anerkennung und in ganz London verbreiteten sich Gerüchte über die Erfindungen, mit denen er noch beschäftigt war oder die er bereits gemacht hatte.

Äußerlich sah Fairleigh ganz und gar nicht so aus, wie man sich einen weisen und berühmten Gelehrten gewöhnlich vorstellt – er trug weder Brille noch Schnupftabaksdose. Groß von Wuchs, mit geradem Rücken, starken Schultern und breiter Brust, war er ein Bild von Kraft und Gesundheit. Auch wurde sein seidenweicher Bart, die dunkelblauen Augen und das blonde krause Haar besonders von den Damen sehr bewundert. Nur drei kleine scharfe Linien mitten auf der Denkerstirne zeugten von dein rastlosen Schaffen in seinem Gehirn.

Zufällig hatte er Dora seit der Universitätszeit nicht wiedergesehen, doch erkannte er sie auf den ersten Blick, ließ sich von ihr alle Tänze versprechen, die sie noch übrig hatte, und zog sich dann, statt zu tanzen, mit ihr aus dem Ballsaal zurück. In einem stillen Winkel des großen Palmenhauses saßen sie nebeneinander auf einem hübschen Ruhebänkchen.

»Nun seien Sie einmal recht liebenswürdig und erzählen Sie mir alles,« sagte Dora. »Ich weiß ja, daß es Ihnen fast das Herz abdrückt, und ich bin verschwiegen wie das Grab.«

»Aber bestes Fräulein Myrl, wie kann ich in Ihrer Gesellschaft von meinen Arbeiten sprechen! Das wäre ja ganz gegen Sitte und Herkommen. Glauben Sie zum Beispiel, daß Vater Abraham von seinen Herden und Weideplätzen gesprochen hat, als der Engel ihn besuchte?«

»Ich soll wohl der Engel sein? – Gut – so wollen wir von meinen Flügeln reden.«

»Sie haben also gehört –«

»Ganz London spricht davon, und ich verlange genauen Bericht. Ist es wahr, daß Sie die Kunst des Fliegens entdeckt haben?«

»Nein,« versetzte Fairleigh: doch als Dora ein enttäuschtes Gesicht machte, fuhr er lächelnd fort: »Dies Geheimnis ist schon seit Beginn der Schöpfung entdeckt worden. Vögel, Insekten, ja die Hälfte aller Lebewesen auf oder über der Erde kennen und üben diese Kunst.«

»Aber Sie wollen die Menschen fliegen lehren. Verstellen Sie sich doch nicht so; Sie wissen recht gut, was ich meine.«

»Nun denn, ehrlich gesagt: ich glaube, daß es mir gelingen wird, ja, ich bin vollkommen überzeugt davon. Seit meiner Knabenzeit ist das mein Traum gewesen,« sagte Fairleigh mit ernster Stimme und Haltung. »Es kam mir von jeher wie eine Schande vor, daß der Mensch, der sich den Herrn der Schöpfung nennt, außer stande sein soll, nachzumachen, was der dümmste Vogel und das geringste Insekt mit Leichtigkeit vollbringt. Seit sechstausend Jahren haben wir täglich Millionen von Modellen vor Augen, und doch ist bisher jeder Versuch, es ihnen nachzutun, schmählich mißglückt. Dieser Gedanke war es, der mich das Studium der Mathematik und Mechanik mit so großem Eifer betreiben ließ. Später beschäftigte ich mich noch mit Anatomie und stellte die umfassendsten Forschungen darüber an, was für Versuche zur Entdeckung der Kunst des Fliegens überhaupt schon gemacht worden sind. Gerade vor einem Jahr begann ich dann endlich meine eigene Arbeit. – Aber ich langweile Sie, Fräulein Myrl. Bringt man mich erst einmal auf mein Steckenpferd, so ist kein Halten mehr. Bitte, entschuldigen Sie.«

»O, fahren Sie doch fort! Ich bin ganz Ohr!«

»Gewöhnlich meinen die Erfinder, ihre Vorgänger hätten alles falsch gemacht. Ich fand dagegen, daß sich keiner von ihnen ganz geirrt hatte, und sie leisteten mir die wertvollsten Dienste. Sämtliche Luftschiffer und Erfinder von Flugmaschinen waren meine Lehrmeister, aber die Hauptsache habe ich doch schließlich dem Vogel abgelauscht.

»Die Luftschiffer haben es stets als feststehend betrachtet, daß die Muskeln des Menschen nicht stark genug seien, um ein paar Flügel in Bewegung zu setzen, die groß genug sind, daß er sich in die Luft erheben kann. Das beruht nur zum Teil auf Wahrheit. Einige verhältnismäßig schwere Vögel – zum Beispiel das Birkhuhn, der Fasan, die Taube – fliegen trotz ihrer kurzen Flügel auffallend schnell. Zuerst untersuchte ich, in welchem Verhältnis die Muskelkraft des Menschen zu der des Vogels steht, und kam zu einem höchst interessanten Ergebnis. Ich fand nämlich fast regelmäßig, daß im Vergleich zu dem beiderseitigen Umfang die Muskeln des Menschen stärker sind als die des Vogels. Im Vergleich zu ihrem beiderseitigen Gewicht sind dagegen die Muskeln des Vogels stärker als die des Menschen.

»Vor allem galt es also, das Gewicht des Menschen zu vermindern – oder, um mich genauer auszudrücken, seine spezifische Schwere mit der des Vogels in Übereinstimmung zu bringen. – Aber wirklich, Fräulein Myrl – ich schäme mich, Sie mit solchen Dingen zu unterhalten, während vom Ballsaal her die verlockendste Musik uns zum Tanz auffordert.«

»Und wenn es Sphärenmusik wäre – ich weiche keinen Schritt von hier. Bitte reden Sie weiter.«

»Sehr gern, wenn Sie es wünschen. Ich sagte mir, daß ein magerer Mensch weniger wiegt als ein dicker Mensch und doch im Wasser untersinkt, während letzterer auf der Oberfläche schwimmt. Soll er durch die Luft schweben, so muß ihm dabei eine Substanz helfen, die leichter ist als Fett. Ich nahm mir den Luftballon zum Vorbild und verfertigte ohne große Mühe ein Gestell, das stark und doch leicht, mit geölter Seide überzogen und mit Wasserstoffgas gefüllt, sich dem Körper anschloß wie ein großer wattierter Überrock und den Umfang des Menschen vergrößerte, während es sein Gewicht verminderte. Der Rücken meines Gestells war gewölbt! nach vorn zu wurde es flach, wie die meisten Flugmaschinen, damit es gegen den Wind ankämpfen und sich schwebend in der Luft erhalten könnte.«

»Aber es fehlte doch noch die bewegende Kraft,« warf Dora ein.

»Ganz recht, Fräulein Myrl,« sagte er, beglückt durch ihre rege Teilnahme? »und diese Nuß war am schwersten zu knacken. Ich wollte ja keine Flugmaschine, sondern einen fliegenden Menschen. Haben Sie nicht auch bemerkt, daß man von vornherein anzunehmen pflegt, eine Flugmaschine müsse zu Kriegszwecken verwendet werden? Die große Kunst des Massenmordes, die wir Krieg nennen, beherrscht das ganze Feld der Erfindungen. Fast bei jeder neuen Entdeckung ist die erste Frage: würde sie uns in den Stand setzen, noch mehr Menschen umzubringen? Danach bestimmt man ihren Wert. Und nicht nur geistlose und habgierige Leute huldigen dieser Anschauung. Hat doch der Dichter Tennyson selbst ein Zukunftsbild gemalt, das den Kampf der Menschen schildert, nachdem sie fliegen gelernt haben:

>Die Flotten der Völker mit Kriegsgetön,
    Sie kämpften im Ätherblau.
    Laut schallte ihr Grimm durch des Himmels Höh'n,
    Es regnete eisernen Tau.‹

» *Mein* Streben war dagegen, zum Genuß der Menschheit beizutragen, statt ihr Elend zu erhöhen. Ich wollte dem Erdenbürger Flügel geben und ihn lehren, sie zu seinem Vergnügen zu gebrauchen, nicht aber zum Schaden des Nächsten. Er sollte selber eine Flugmaschine werden und keiner andern Triebkraft dazu bedürfen als seiner eigenen Muskelstärke.«

»Aber die genügt doch nicht!«

»Auf diesen Punkt komme ich jetzt, Fräulein Myrl. Selbstverständlich ist ein Mann nicht so stark wie ein Maschine, die durch Dampf oder Gas getrieben wird, aber er ist viel vollkommener konstruiert. Jedes Lot Kraft, das er besitzt, steht ihm zu freier Verfügung, er kann es, nach welcher Richtung er will, vollständig ausnützen. Der Zweck einer Flugmaschine ist kein andrer, als den Menschen in die Luft empor zu tragen. Aber er braucht doch dabei nicht untätig zu sein. Warum er beim Fliegen nicht ebenso tüchtig arbeiten sollte wie der Vogel, konnte ich nicht einsehen.«

»Ist denn das Experiment geglückt?«

»Nach vielen Versuchen und Mißerfolgen ist es mir endlich gelungen. Meine Flügel werden durch eine einfache mechanische Vorrichtung in Bewegung gesetzt, die wirklich recht sinnreich ist. Hände und Füße kann man dabei nach Belieben abwechselnd oder gleichzeitig gebrauchen. Mein fliegender Mensch vermag sich sowohl mit dem Wind als gegen ihn fortzubewegen; er wird letzteres vorziehen, falls die Luftströmung nicht zu stark ist, und durchschnittlich sechzig Meilen in der Stunde zurücklegen. Der luftdichte, mit Wasserstoffgas gefüllte Überrock, den er trägt, macht ihn so leicht, daß jeder Unfall ausgeschlossen ist.«

»Das scheint mir doch unmöglich, Herr Fairleigh. So viel verstehe ich auch von Mechanik, um zu wissen, daß man durch Verstärkung der Kraft die Schnelligkeit vermindert. Je stärker der Hebel ist, um so langsamer bewegt er sich – und umgekehrt.«

»Das ist genau derselbe Einwand, den die klugen Leute gemacht haben, als das Radfahren aufkam. Wenn das Rad den Menschen schneller fortträgt, als er gehen oder laufen kann, hieß es, so muß es immer auf Kosten größerer Anstrengung geschehen. Mit andern Worten: er wird die rasche Fortbewegung nicht lange aushalten können. In der Praxis hat sich aber diese Weisheit nicht bewährt. Der Mensch ist im stande, eine Woche lang zwanzig Meilen die Stunde zu fahren, trotzdem er dabei die furchtbare Reibung zu überwinden hat, welcher das durch seine Last beschwerte Rad aus der Bahn unterworfen ist. Diese Reibung fällt beim Fliegen weg, und da ist sechzig Meilen die Stunde durchaus nicht zu viel. Ich will Ihnen nämlich ganz aufrichtig sagen, Fräulein Myrl, daß ich bei meiner Erfindung schon über die Theorie hinaus bin. Was sagen Sie dazu, daß ich, Ernst Fairleigh, vor drei Nächten in etwa einer Viertelstunde fünf Meilen weit geflogen bin, ohne daß es mich ermüdet hätte oder irgendwelche Schwierigkeiten entstanden wären?«

Dora war bei den letzten Worten, die Fairleigh in aller Ruhe sagte, ordentlich verwirrt zu Mute. Bisher hatte es sie nur interessiert, sich von einem Manne, der als Meister in seinem Beruf galt, eine Vorlesung über populäre Wissenschaft halten zu lassen. Und nun hörte sie auf einmal, daß das große Problem, worüber man seit Jahrhunderten vergeblich gebrütet hatte, endlich gelöst worden sei. Der Atem verging ihr, wenn sie daran dachte, daß ihr Ballherr, der so gelassen neben ihr saß, das große Werk vollbracht hatte, das bisher noch keinem Sterblichen gelungen war, so lange die Welt stand.

Einen Augenblick saß sie in stummem Staunen da und versuchte, das Wunder zu fassen, während vom Ballsaal her noch immer die Klänge der Musik ertönten. Sie betrachtete Fairleigh mit fast ehrfurchtsvoller Scheu, so hoch und erhaben kam er ihr vor. Aber statt ihrer Bewunderung Worte zu verleihen, sagte sie endlich etwas ganz andres, als sie beabsichtigt hatte, ja sie erkannte ihre eigene Stimme kaum wieder: »Haben Sie schon ein Patent aus Ihre Erfindung genommen?«

Die Frage kam ihr bei der erregten Stimmung, in der sie sich befand, ganz nüchtern und praktisch vor. Aber Ernst Fairleigh war offenbar andrer Meinung.

»Noch nicht,« sagte er mit Nachdruck. »Offen gesagt, macht mir dieser Teil des Geschäfts allerlei Bedenken und es war ohnehin meine Absicht, Sie zu Rate zu ziehen, Fräulein Myrl, da mir Ihre Triumphe zu Ohren gekommen sind. Ich wollte meine Pläne natürlich erst ans

Patentamt schicken, wenn sie ganz vollendet sind, was, wie ich hoffe, in einigen Tagen der Fall sein wird. Bis dahin sollte keine Menschenseele etwas davon erfahren; ich hätte sonst nicht Rast noch Ruhe vor Erfindern gehabt, die mit ähnlichen Patenten angelaufen kämen. Seltsamerweise haben sich aber Gerüchte über meine Erfindung in der Stadt verbreitet, obgleich ich sie ganz geheim gehalten und außer mit Ihnen heute abend nur noch mit einem vertrauten Freunde darüber gesprochen habe. Ja – was noch schlimmer ist – man hat sogar in den letzten vierzehn Tagen dreimal den Versuch gemacht, mir meine Papiere zu entwenden. Auch wurden meinem wackeren Gehilfen, der mir von Anfang an bei den Schreibereien und Berechnungen zur Seite gestanden hat, hohe Summen geboten, die bis in die Tausende gingen, um ihn zu bestechen, die Pläne zu kopieren oder mir das Original zu entwenden. Selbst wenn er wollte, hätte er es nicht tun können; aber der brave alte Mann ist die Redlichkeit selbst, er dachte an keinen Verrat und kam stehenden Fußes mit den Briefen zu mir.«

»Vorsicht ist die Mutter der Weisheit,« sagte Dora. »Sie haben doch gewiß alle Maßregeln getroffen, um sich vor Schaden zu bewahren?«

»Alles nur Erdenkliche habe ich getan. Mein Bureau haben wir ins oberste Stockwerk des Hauses verlegt, wo ich im Vorderzimmer arbeite, während Bradley das hintere Zimmer benutzt. Die mit Eisenstäben versehenen Fenster gehen auf eine belebte Straße und mehrere Polizisten sind besonders angewiesen, ein wachsames Auge auf das Haus zu haben. Die Papiere liegen in einem diebssicheren Schrank. Das Schloß habe ich selbst konstruiert und den Schlüssel trage ich stets bei mir. Ich nehme immer nur das Papier, an dem ich gerade arbeite, aus dem Schrank und verschließe es Abends wieder aufs sorgfältigste. Bradley und ich bringen sogar unser Essen ins Bureau mit und gehen tagsüber nicht aus; auch sind wir beide bewaffnet. Die Tür des Bureaus verwahre ich immer selbst. Nicht wahr, man sollte wirklich glauben, daß kein Dieb da einzudringen vermöchte?«

Dora war in tiefes Sinnen versunken und starrte stumm vor sich hin. Fairleigh – so sind die Männer – hielt ihr Schweigen für Unachtsamkeit. »Sie hören wohl gar nicht zu, Fräulein Myrl?« fragte er gekränkt.

»Mit allen meinen Sinnen und Gedanken,« erwiderte sie. »Ich lasse mich sonst nicht leicht aufregen, aber Sie haben mich in die größte Spannung versetzt. Die Sache selbst ist ja aber auch von außerordentlicher Wichtigkeit.«

»Wissen Sie mir vielleicht noch irgend eine Vorsichtsmaßregel anzuraten?« fragte Fairleigh ängstlich.

»Keine, außer daß Sie –« Dora zögerte einen Augenblick.

»So reden Sie doch!«

»Könnten Sie nicht vielleicht Ihre Arbeit allein zu Ende bringen?«

»Das würde kaum gehen. Ah, ich verstehe – Sie haben Bradley im Verdacht, Fräulein Myrl! Den Gedanken schlagen Sie sich nur ganz aus dem Sinn. Wenn Sie den Mann kennten, würden Sie nie darauf verfallen sein. Daß er jeden Bestechungsversuch von sich gewiesen hat, sagte ich Ihnen schon. Aber der Mann ist überhaupt die Treue und Redlichkeit selbst. Seit über dreißig Jahren hat er meinem Vater und mir rechtschaffen gedient. Er ist ein einfacher, ruhiger, alter Junggeselle und wohnt in einem abgelegenen Häuschen außerhalb Londons, das ich für ihn gemietet habe. In seinen Freistunden pflegt er sein Gärtchen und besonders den Hühnerhof. Er hat auf Geflügelausstellungen für seine Hühner und Tauben schon Preise erhalten. So weit getraue ich mir doch den Charakter eines Menschen zu beurteilen, um sagen zu können, daß mir von Bradley nicht die mindeste Gefahr droht.«

»Dann wüßte ich Ihnen weiter keinen Rat zu geben, und Sie brauchen nichts zu fürchten.«

»Es ist mir eine wahre Erleichterung, Sie das sagen zu hören. Horch! Jetzt spielt man den letzten Walzer. Wollen wir seinen Klängen nicht folgen?«

Dora nickte und sie kehrten in den Ballsaal zurück. –

Zwei Tage darauf saß Fräulein Myrl gegen Abend an ihrem Schreibtisch, als die Dienerin ihr eine eilige Botschaft brachte. Dora riß den Briefumschlag auf und las:

»Bitte, kommen Sie so schnell als möglich zu mir.

Ernst Fairleigh.«

Weiter stand nichts darin.

»Unten wartet eine Droschke, gnädiges Fräulein,« sagte das Mädchen. »Der Kutscher hat das Briefchen gebracht.«

Dora ließ die Droschke nicht lange warten, und sobald sie eingestiegen war, jagte der Kutscher davon, daß die Funken stoben.

Als Dora die vielen Treppen zu Fairleighs Bureau hinausgestiegen war, fand sie dort drei Männer, die ganz verwirrt und fassungslos dreinschauten. Zwei davon, Farleigh und den Polizeiinspektor Adam Werner, kannte sie bereits. Der dritte, ein graubärtiger Mann von mittleren Jahren mit sanftem, sinnendem Ausdruck in seinen großen, dunklen Augen, konnte niemand anders als Joseph Bradley, der vertraute Gehilfe, sein.

»Verschwunden!« rief ihr Farleigh statt des Grußes entgegen, als sie rasch das Bureau betrat. Die Nachricht kam ihr nicht unerwartet.

»Teilen Sie mir die Tatsachen so kurz als möglich mit,« entgegnete sie.

Fairleigh zögerte nicht. »Gegen drei Uhr saß ich hier bei meiner Arbeit,« begann er. »Ich hatte die Zeichnung des Plans, von dem ich Ihnen neulich erzählte, fast beendigt, als es laut an meine Tür klopfte. ›Herein!‹ rief ich, erhielt aber keine Antwort. Nun öffnete ich selbst und fand einen Herrn namens Jerome, einen Erfinder, vor der Tür stehen. Er wollte mich wegen einer Arbeit, die er gerade vorhatte, um Rat fragen, war aber in großer Eile, wie er sagte, und hatte nicht Zeit, bei mir einzutreten. Ich nötigte ihn auch nicht dazu, denn meine kostbaren Papiere lagen drin auf dem Tisch ausgebreitet. So zeichnete ich ihm denn rasch mit einem Taschenbleistift auf einen Umschlag, was er haben wollte, worauf er sich bedankte und die Treppe hinunterging.

»Ich hatte kaum fünf Minuten bei ihm draußen gestanden, mit dem Rücken nach meiner Bureautür. Aber als ich zurückkam, sah ich aus den ersten Blick, daß die Patentbeschreibung, mit der ich beschäftigt gewesen war, nicht mehr dalag. In meinem Schrecken glaubte ich, Bradley müsse ein Unglück zugestoßen sein, er sei vielleicht ermordet worden. Als ich jedoch die Tür nach dem Nebenzimmer öffnete, fand ich ihn ruhig an seinem Pult sitzen. Er hatte weder etwas gehört noch gesehen. Als alle unsre Nachforschungen vergebens blieben, schlug mir Bradley vor, einen Geheimpolizisten holen zu lassen. Ich telephonierte also schleunigst nach der Polizei und Inspektor Werner hatte die Güte, mir sofort zu Hilfe zu kommen. Auch er hat eine genaue Untersuchung angestellt, aber nichts entdeckt. Mein alter Freund Bradley brachte mich dabei in nicht geringe Verlegenheit, denn er bestand darauf, sich von Kopf zu Fuß durchsuchen zu lassen. Obgleich ich ihm sagte, er solle sich nicht zum Narren machen, war er nicht davon abzubringen und auch der Inspektor erklärte, daß es zu Bradleys eigener Beruhigung dienen würde. So gab ich denn meine Einwilligung zu dem Unsinn; aber natürlich fand sich nichts, wie ich vorher wußte.

»Plötzlich fielen *Sie* mir ein, und als ich Ihren Namen nannte, sagte der Inspektor, das sei ein vortrefflicher Gedanke. Da nahm ich mir denn die Freiheit, Ihnen den Zettel und die Droschke zu schicken, und nun wissen Sie alles.« Farleigh hielt einen Augenblick inne, um Atem zu schöpfen, und fuhr dann fort: »Daß das Papier nicht mehr hier im Bureau ist, dürfen Sie nach meiner Ansicht von vornherein als feststehend annehmen. Bei unsrer gründlichen Untersuchung könnte es uns nicht entgangen sein. Nicht wahr, Sie stimmen mir hierin bei, Herr Inspektor?« Werner nickte.

Dora ließ ihre Augen in dem ganzen Raum umherschweifen. »Nein,« versetzte sie, hier werden wir das Papier nicht finden, das wäre zu einfach.«

»Dann wird es wohl unwiederbringlich verloren sein,« sagte Fairleigh hoffnungslos.

»Das wollen wir noch nicht so bestimmt behaupten. Mir ist etwas eingefallen – bis jetzt ist es nur eine Vermutung –, doch – wer weiß!«

Dora hatte eine leere silberne Butterbrotkapsel, in der Fairleigh sein Frühstück mitzubringen pflegte, vom Tisch genommen und spielte achtlos damit. Plötzlich stellte sie die Kapsel hin, stand auf und – schritt nach der Tür des hinteren Bureaus, die sie rasch öffnete. Die drei Männer folgten ihr mit Verwunderung. Sie fuhr sogleich auf einen sauberen Deckelkorb los, der neben dem Pult auf dem Boden stand.

»Bradleys Frühstückskorb,« erklärte ihr Fairleigh, als sie den Korb aufhob und sorgfältig durchforschte.

»Natürlich haben Sie den Korb auch untersucht, Herr Inspektor?« fragte Dora mit glühenden Wangen und blitzenden Augen.

»Versteht sich – doch gefunden habe ich nichts.«

»Das läßt sich denken. Es ist ein recht großer Frühstückskorb, scheint mir. Sie müssen einen tüchtigen Appetit haben, Herr Bradley?« Sie wandte sich jetzt zum ersten Male an den alten Mann und betrachtete ihn mit scharfen Blicken.

»Daran fehlt mir's nicht, Fräulein, das ist wahr,« lautete die bescheidene Antwort. »Doch esse ich kaum halb so viel, als in den Korb hineingeht.«

»Sehr wahrscheinlich. Sie sind Vegetarianer, wie ich sehe, und essen – Hafer.«

Aus den Ritzen des Weidenkorbes hatte sie ein Haferkorn herausgefischt, das sie ihm jetzt hinhielt.

Wie konnte sich Bradley nur durch eine solche Kleinigkeit in Verlegenheit bringen lassen? Als er das Körnchen in Doras Hand sah, wurde er rot und atmete schwer.

Sie wollte ihn gewiß schnell aus der Verwirrung reißen und fuhr deshalb freundlich fort: »O nein, entschuldigen Sie, Herr Bradley, ich habe mich geirrt. Natürlich haben Sie ein kaltes Huhn zum Frühstück verspeist.«

Bei diesen Worten nahm sie eine kleine bläuliche Feder aus dem Korbe. »Es war wohl ein Huhn von Ihrer eigenen Zucht; doch sollten Sie es wirklich sorgfältiger rupfen, Herr Bradley!«

Der alte Mann bot einen kläglichen Anblick; er war leichenblaß geworden, während Dora ihn ansah, und seine zitternden Lippen murmelten unverständliche Laute.

Fräulein Myrl betrachtete das Federchen jetzt noch genauer und ein spöttisches Lächeln spielte um ihren Mund.

»Um Vergebung, Herr Bradley,« sagte sie, »kein Huhn, sondern eine Taubenpastete müssen Sie zum Frühstück verzehrt haben. Was ich in Ihrem Korb gefunden habe, ist ein Taubenfederchen, wie ich jetzt sehe.«

Ohne ein Wort zu sagen, sank der alte Mann in einen Stuhl und bedeckte sein Gesicht mit den Händen.

Jetzt hielt sich Ernst Fairleigh nicht länger. »Aber was soll denn das alles bedeuten, Fräulein Myrl?« rief er bestürzt und verwirrt.

»Weiter nichts, lieber Freund, als daß ich den Dieb und das Papier entdeckt habe. Fahren Sie nur sogleich mit der Eisenbahn nach dem friedlichen Landhäuschen des unschuldigen Herrn Bradley. Dort werden Sie Ihr vermißtes Papier unter dem Flügel einer harmlosen Brieftaube in seinem Taubenschlag finden.«

Das war wirklich der Fall.

Ende.